うさ耳悪魔に
振り回されて困ってます…！

朝香りく

Splush文庫

contents

第一章

「おい、少年！　無視をするな階段を登っているそこの少年！　少し手を貸して欲しいことがあるのだ」

仕事から帰宅した、夕暮れ間近の住宅街。

自宅のあるアパートの、階段を登ろうと片方の足を上げたところで、春野弥千代《はるのやちよ》は背後から聞き覚えのない声で話しかけられた。

そもそも自分は、少年呼ばわりされる年齢ではない。

不愉快《ふゆかい》に思いながら振り向くと、すらりとした長身の男が、不自然によろよろしながら立っている。

――なんなの、この人。

どっしりとした黒い膝までの長さのマントを着て、フードを深くかぶっているため、夕闇のせいもあって表情はよくわからない。

だが、まったく見知らぬ男だということだけは確かだ。

おまけにマントの下にはブーツという、コスプレ衣装のような格好をしているとあって、不審なことこの上ない。

そして弥千代には、それがたとえ清純そうな美少女だったとしてさえも、他人と接触することは極力避けたい事情があった。

すぐに顔を前に戻し、再び階段を登り始めた弥千代だったのだが。

「待ちたまえ、少年！　手を貸してくれと言っているではないか。実はだな、腹が痛くなってしまって」

男はすがるように言って、こちらへと近づいてきた。

それでも無視を決め込んで、さらに階段を速足で登る弥千代の足が、下からガッとつかまれる。

「っ！　なにするんだよ！」

さすがに驚き、声を荒らげて後ろを見ると、男はなおも懇願してくる。

「そこはきみの家だろう？　トイレを貸してはくれまいか」

「嫌だ」

見ず知らずの妙な男を、部屋に入れるなどとんでもない。断固とした声で、弥千代はにべもなく断った。

「それでは、せめて水を一杯飲ませて欲しい。薬を飲みたいのだ」

「公園に行けばいいだろ、水飲み場がある。確か公衆トイレもあったし」

冷たい声で告げる弥千代だが、男はまだあきらめようとしなかった。

「では、その公園への行き方を教えてくれ。この辺りの地理には疎《うと》くて、よくわからないのだ」

男は言いながら、弥千代の足首を離そうとしない。

動かそうとしてもびくともしないその力の強さと執拗《しつよう》さに、弥千代は気味が悪くなってくる。

「わかんないなら、携帯で地図見ればいいんじゃない？」

「私は携帯などというものは持っていない。貸してくれ」

「嫌だってば。いい加減に離してくれよ」

「貸すのが嫌ならば、調べて教えてくれるだけでもいい」

「なんだよもう、しつこいな！」

言って弥千代が必死に足をはらうようにすると、ようやく男は手を離した。

だらりと両手を下げ、こちらを見上げてくるその様子は、やはりどこか異様で怖くなってきた。

弥千代は背筋に悪寒が走るのを感じ、思わず両手で自分の身体を抱く。

「……公園は、そこを真っすぐ行って、薬局を左に曲がったところ」

それだけ言って、弥千代は階段を駆け上がり、もう振り返ることはせずに鍵を開け、自室へと飛び込んだ。

「ふう。なんだったんだろ、今の」

つぶやいて電気をつけ、部屋に上がった弥千代はそこで、アッと声を出す。

部屋の中央に今の男が、俯《うつむ》いて立っていたのだ。

「な……なんで。いつの間に、どうやって入ったんだ！」

弥千代は慌《あわ》て、男の腕をつかんで引っ張る。

「早く出てけよ！　行かないと、警察呼ぶからな！」

そう叫ぶと、男はゆっくりと顔を上げた。

フードつきのマントがばさっと肩から滑り落ち、その顔が電灯のもとに露《あらわ》になる。

「まあ落ち着くがいい、無力な仔羊よ。慌てなくとも時間はたっぷりとある」

わけのわからないことを話し出した男の顔は、激怒していたはずの弥千代が一瞬とまどってしまうくらい、完璧なまでに整っていた。

年齢はおそらく、二十代後半だろうか。平均的な身長の弥千代より、頭ひとつかそれ以上に背が高い。

銀髪で縁取られた白皙《はくせき》の顔。その鼻梁《びりょう》は細く高く、薄い灰色の瞳は大きく鋭《するど》く、濡れたように光っている。

それだけならば、アングロサクソン系の美青年というふうにしか見えなかったかもしれないが、その男は異様だった。

ルネッサンス期の絵画に出てくる貴族のような服を着ている、というだけでも充分に普通ではなかったが、さらにその頭頂部にはウサギのような、白い被毛を持つ長い耳がついていたのだ。

怪しすぎる異相《いそう》といっていいその姿を、思わずポカンと見つめてしまった弥千代に、男は先ほどまでの物言いとは違う、傲慢《ごうまん》な口調で言った。

「いいか少年、心して聞くがいい！」

「……あの。ええと俺、一応今年で二十歳なんだけど」

弥千代が言うと、む、と男は一瞬言葉に詰まった。

「そうか、アジア人は若く見えるな。では改めて聞くがいい青年！　貴様《きさま》にとって私との出会いは、人生最大の幸運でありチャンスなのだ。この機会を逃したら、貴様は一生後悔の念に苛《さいな》まれ、暗黒の日々を送ることになるだろう」

男はオーバーアクションで身振り手振りを交えつつ、高らかな美声で言う。

百九十センチ近いであろう身長は、天井の低いアパートに吊るされた電灯に、今にも頭をぶつけそうに見えた。

あまりに突拍子もない言葉に、どうリアクションをとっていいかわからなかった弥千代だったが、隣人が帰宅したらしきドアの開閉音にハッと我に返り、その腕をつかむ。

「か……勝手に入ってきて、自信満々でなに言ってんだよ！　出ていけってば！」

ぐいと突き飛ばすように押したものの、男は足に根が生えているかのように動かない。

しまいに弥千代は、この！　この！　と叫びながら足を蹴ってみたが、それでも男はびくともしなかった。

素晴らしい、とつぶやいて、比類なく整った顔に得体の知れない笑みを浮かべる。

「なんという冷酷な対応だ。しかしそんな無慈悲な人間性だからこそ、私は貴様を見込んだのだぞ」

男が言った瞬間、突然弥千代は、自分の両肩に上からなにものかの手がかかり、圧し潰してくるかのような重さを感じた。

しかし、男はまったくこちらに触れることはしていない。

「なっ……、なんだよ、これ……っ」

一秒ごとに重さは増していき、とうとう弥千代は立っていられなくなってくる。

ズン、と上から伸し掛かる力に耐えきれず、弥千代は床に膝をついた。

「く……！」

――なにこれ……！　いったいなにがどうなってるんだ？

見慣れたいつもの室内が、奇妙に歪《ゆが》んで見える。

白く柔《やわ》らかいはずの蛍光灯の光は、今や赤く室内を照らしていた。

「お前が……っ、やってるのか？　俺は、話なんて、聞く気はない。早く……っあ！」

ふいに両手が背中に回り、ねじり上げられるようにしてひとまとめにされる。

だが、いったいなんの力で自分がそうなっているのか、弥千代にはわからない。

男は真正面に立ち、こちらを見下ろしているだけだ。

下からその顔を睨《にら》むようにして見上げると、男は秀麗な顔に、邪悪な微笑みを浮かべたまま言う。

「話というのは、ほかでもない。貴様の望みを叶えてやろうというのだ」

「望み？　じゃ、じゃあすぐに叶えろ。とっとと、出ていけ！」

弥千代が叫ぶと、男はやれやれというように首を左右に振る。

「そういう即物的な答えは期待しておらん、夢のない青年だな」

言いながら男は周囲を見回し、テレビ台の上に置いてあった、ダイレクトメールの封筒を手に取った。

マントから伸びた手は、絹らしき光沢のあるシャツに包まれている。

「春野……弥千代か。よろしく頼むぞ、弥千代。これから貴様と私とは、長い付き合いになるのだからな」

宛名を眺めて言った男は、ポイとダイレクトメールを放った。

言われていることとの意味がわからず、弥千代は不安と焦燥《しょうそう》に駆られる。

「長い、付き合い……？　冗談じゃない、なにを言ってるんだ」

男は凍《い》てついた氷のような薄い灰色の瞳で、じっとこちらを見据《みす》えながら言う。

「私はアモン。……ここはアジア圏だからな。阿修羅《あしゅら》の阿《あ》に獄門《ごくもん》の門と、相応《ふさわ》しい漢字に置き換えるのもまた一興か。まあ勝手にどう呼んでもいいのだが。人間に名乗る名前などというのは、所詮《しょせん》記号みたいなものだ」

弥千代は、妖怪や幽霊というものに興味がない。しかし、今目の前にいる男が、もしかしたら人間でないのではないかという恐ろしい疑惑が、頭の中で渦《うず》を巻き始める。

「阿門《あもん》？　人間に名乗るって。あ、あんたは、人間じゃないとでも？」

「当たり前だ。私がそんな、下等な生き物であるわけがないだろうが」

阿門が言った瞬間、弥千代のシャツのボタンがすべて、引き裂かれたように弾け飛んだ。

次に生き物のように下半身からベルトがするすると外れて自分の手首に巻きつき、下着ごとボトムスが風船のように破裂するのを、弥千代は呆然《ぼうぜん》と眺める。

こちらが信じる信じないにかかわらず、理由のわからない力が働いていることは確かなようだ。

「まさか、ちょ……超能力とか、そういう……」

驚愕《きょうがく》に目を見開いたまま弥千代がつぶやくと、阿門は唇の方端だけを吊り上げて、皮肉そうに笑った。

「超能力か。そんな俗っぽいものと一緒にされるのは、私としては不愉快だ」

「じゃあ……手品……魔法？」

「まだそちらのほうが近いかもしれん。とはいえ、私の力とは別物だ」

阿門は言いながら、弥千代の顎《あご》をクイと指先で持ち上げる。

その指の爪は長く、獣のように鋭かった。

吸い込まれてしまいそうだと感じながら、弥千代はその灰色の瞳を見上げる。

と、阿門が唇を開いていないにもかかわらず、頭の中に殷々《いんいん》と声が響いた。

「春野弥千代。貴様はこれから、私と契約を交わす」

その刹那《せつな》。ドクン、と下腹部に、いきなり灼熱の塊《かたまり》が生まれたように弥千代は感じた。

「――っ！」

同時に幾つもの手のひらが、自分の身体を這《は》い回り始めたと感じるのだが、必死に視線を下に向けてもそこにはなにもない。

「っあ！　なっ、なに……ぅああ！」

つうっと、鋭い爪が背筋をなぞるように下から上へと動く。内腿から足の付け根へと、淫《みだ》らな動きで指が蠢《うごめ》く。

「はあっ、あ、ああ」

確かにそう感じるのだが、阿門はまだ正面に立ったままだった。

その形のいい唇から、蛇《へび》が舌なめずりをするように、赤く尖《とが》った舌がちらりとのぞく。

「私の目に狂いはなかったな。表情も、声もそそる」

「や……っ、い、やっ、嫌だっ！」

ボタンの千切《ちぎ》れたシャツの残骸《ざんがい》だけをまとい、半裸の自分を撫《な》でさえする見えない手の感触に、弥千代はゾッとするほどのいやらしさと淫靡《いんび》なものを感じ取る。

「やめっ……なんなんだよ、これっ」

必死に抵抗を試みるものの、ほとんど身体は動かせないままだ。

――これは悪夢か？　催眠術にでもかけられたか、薬でも使われたのか。

混乱しながらも、事態を把握しようと頭を巡らせる弥千代だったが。

「んうっ！　やっ、ああっ！」

局部を根元から上へと扱《しご》かれる感触に、びくんと身体をのけぞらせた。

「やっ、やっ、あっ」

やわやわと見えない手が、張り詰めた小さな袋の部分から先端までを、強く弱く刺激する。

弥千代は、恋愛関係には疎い。性欲には淡白で、よほどでないと自分ですら処理しなかった。

他人の巧みな指遣いで愛撫《あいぶ》されるなど、まったく初めての経験だ。それだけでなく。

「い……っ、んっ、う」

胸の突起にビリッと電気が走るような痛みを感じ、弥千代は顔をしかめる。

「はあっ、は……っ、あ」

こめかみから、汗が滴《したた》った。息が熱く、呼吸が苦しい。

「も……や、やめ……」

「やめて欲しいわけがないだろう」

阿門は優しいと言ってさえいいような、低く甘い声で囁《ささや》いた。

「貴様のものは、こんなに涎《よだれ》を垂らして、もっとしてくれとねだっているぞ」

言われると同時に、指の腹で強く先端を擦られた感触があって、ひっ、と弥千代の喉が鳴った。

そこは確かにぬるついていて、袋の部分までもが濡れているのがわかる。

——なんで俺……わけのわからない状況で、こんなになっちゃってるんだよ！

「つっ！　……っく」

きゅう、と胸の突起に再び強い刺激を受けて弥千代は呻《うめ》いたが、その声にはわずかに甘いものが混じり始めた。

「はっ、離し……あっ、ああ」

「こっちもこっちも、石のように固くしこらせているではないか。想定していたより、ずっと淫らな身体をしているな、貴様は」

「してな……っ、あ、はあ……っ！」

次第に愛撫は的確に弥千代の感じるところを刺激し始め、それはとろけるような快感をもたらしていた。

のぼせたように熱く頭はぼうっとしてきて、弥千代はだんだんとまともにものを考えられなくなっていく。

「いや、あ……っ！　ああ！　ん……っ」

声はすでに悲鳴ではなく、嬌声《きょうせい》になっていた。

わななく唇は閉じることができず、唾液と鼻にかかった声が漏れ続ける。

「はあん……あ、あう……」

ひくっ、ひくっ、と身体が快感に痙攣《けいれん》し、自然に腰が揺れ出してしまう。そして。

「ひ……っ！　や、あ、あっ」

後ろの窄《すぼ》まりをこじ開け、ゆっくりと体内に入ってくる指の感覚に、弥千代の目から涙が転がり落ちた。

「やあぁ！　やっ、いや」

「力を抜け、弥千代。私の爪は鋭い。中を切り裂かれたくないだろう？」

穏《おだ》やかな声だったが、弥千代は震え上がった。絶望的な思いで、必死に身体から力を抜き、挿入される指の感触に耐える。

「っ……あ、あああ……！」

恐ろしいはずなのに、その指は耐えきれないほどの快感を弥千代にもたらした。

「――ッ！」

目の前が真っ白になり、声も上げられないままいきなり自身が弾けてしまう。

達しながらも指は休むことなく弥千代を愛撫し、快感の波が次から次へと押し寄せてきた。

「もう、やっ、あ……いや、っ」

体内を指の腹で擦られると、喉が締まるように感じる。

けれど苦しいよりも快感が強く、床に膝をついた足は自然と大きく開いていた。

と、ふいに阿門が弥千代の前髪をつかむ。

思いきり上向いた顔のすぐ前に、完璧なまでに整った顔があり、そして。

「ん、んむ……う、ん」

腰をかがめた阿門の唇が、弥千代のそれに重なった。大きな、爪の尖った両手が気味が悪いほどに優しく、弥千代の頬を挟む。

「んうっ、ん、んんっ」

別の生き物でもあるかのように、阿門の尖った舌は弥千代の口腔《こうこう》を犯し、歯列をなぞる。

嫌だ、と顔を背けようとしても、しっかりと頬を手で押さえられて動けない。

――なんで。どうしてこんな。

執拗《しつよう》なまでに深い口づけを受けながら、弥千代は朦朧《もうろう》となってくる。

初対面の、会ったばかりの怪しい男に、徹底的に身体を好き勝手にされ、キスをされているという事実が、弥千代に激しい混乱と恐怖、そして羞恥を与えていた。

「……んっ、ん……うっ」

けれど激烈な嫌悪感が芽生えて当然だというのに、身体は快感に打ち震え、侵入してきた舌に噛みつく気力さえない。

唇の端からは、混ざり合った唾液が零《こぼ》れ、顎から首に伝っていた。

達したばかりのはずなのに、足の間のものも再び屹立《きつりつ》し、床に新たな液を滴らせてしまっているのがわかる。

見えない指にいじられ続けている身体の奥は、もっともっとと誘っているかのように、ひくひくと蠢いていた。

「んあ……っ、はあっ」

ようやく深い口づけを解いた阿門の唇は、透明な糸を引く。

「……いい子だ、弥千代。そのまま、おとなしくしていろ」

阿門は言って、弥千代の前に片膝をついた。

もはや言われていることの意味さえよくわからない弥千代は、ゆらゆらしながら阿門を見つめることしかできない。

彫りの深い白皙《はくせき》の顔の、濡れたような瞳がゆらゆらと揺らぎ、炎のように赤く光って見える。

まともに思考できなくなっている弥千代がぼんやりと、綺麗《きれい》だ、と思ったそのとき。

「っ！」

下腹部の足の付け根近くに、ビリッと焼けるような痛みを弥千代は感じた。

同時に目の前が暗くなり、頭の中いっぱいに声が響いてくる。

「契約者、春野弥千代。我は汝《なんじ》の待ち望みしもの。ここに、我が名を記す。我が名は阿門。混沌《こんとん》と呪詛《じゅそ》から生まれし悪魔……」

――……悪魔……？

弥千代はどこか遠くから、自分の発した悲鳴を聞いた気がした。そしてそのまま、気を失ってしまったのだった。

第二章

――寒い……。身体が痛い。風邪でも引いたのかな。今日も仕事なのに……。なんだか悪い夢を見てた気がする。そのせいかな。全然疲れが取れてない。

翌朝、布団にくるまって目を覚ました弥千代は、ううんと小さく呻いて目を開けた。

水色のカーテンを通して、外が薄明るくなっているのがわかる。

見慣れた光景。馴染《なじ》みのあるシーツ。そしていつものベッドに寝ているのだが、なにかがおかしいという違和感があった。

「あれ？」

弥千代は自分が全裸であることに気が付き、眉を寄せる。

そして上体を起こし、首をねじって反対側を見た瞬間。

「うわああ！」

思わず大声を上げてしまったのは、折りたたみ式の小さな卓袱台《ちゃぶだい》に、やたらと部屋に不似合いな男が座っていたからだ。

銀色の髪に、真っ白な長い耳。襟《えり》の高い黒い軍服のような丈の長いジャケットに、黒いぴったりとしたパンツとブーツ。

そしてそんな、コスプレとしか思えないような服が異様に似合っている、美青年。

昨晩のことを必死に思い出そうと頭を巡らすうちに、ぼんやりとひとつの名前が浮かんでくる。

「あ……阿門……だったっけ？」

ベッドの上に座り込んだまま尋《たず》ねると、阿門は重々しくうなずいた。

「そうだ。おはよう、弥千代。よく眠れたようだな」

「あ、ああ、おかげさまで……じゃないよ！」

あまりに堂々とした阿門の態度と言葉に、うっかり素直にうなずきかけ、弥千代は慌てて抗議する。

「なんだって平気な顔でまだ居座ってるんだ、強姦魔《ごうかんま》のくせに！　いいか、俺はこれから警察に電話する。本気だからな。嫌だったら、すぐ出ていけ！」

携帯電話を手にした弥千代だったが、阿門は憂《うれ》いを帯びた瞳で、かすかに笑っただけだった。

「朝から怒鳴るな、弥千代。耳が痛くなる。それに私は強姦魔ではない。悪魔だ」

言って阿門は、長く白い耳を撫でる。内側が桃色のそれは、確かに本物のウサギの耳のように見えた。

だが耳が本物だろうが偽物だろうが、弥千代の知ったことではない。

なおも詰問《きつもん》しようと口を開いたそのとき、阿門はスッと右手をこちらに突き出した。

と、握っていた携帯電話が、いきなり真っ黒な蜘蛛《くも》に変わる。

わあっ、と放り出してみれば、それはカサカサと歩き出し、冷蔵庫の裏へと入っていってしまった。

「い……今の、あんたがやったの？」

愕然《がくぜん》として弥千代が言うと、気分を害したとでもいうような顔で、阿門は言う。

「そうだ。昨晩、散々貴様の身体に思い知らせてやったと思うんだが。いい加減に私が本物の悪魔だと、信じてくれてもいいのではないか？」

「信じるって、あんたが妙な力を使う、妖怪だか化け物ってことを？」

聞き返すと、阿門はますます憮然《ぶぜん》とした顔つきになった。

「そんな下劣《げれつ》なものではない！　さっきから何度も言っているだろうが。悪魔だ。あ、く、ま。言ってみろ」

「あ……悪魔って……言われても……」

弥千代はうなだれて、混乱する頭を抱える。あまりファンタジックな世界には興味がない。漫画雑誌ですら、滅多《めった》に読まないくらいだ。

コツコツと地味に働き、趣味もなく、スーパーの総菜が三割引きになっているのが唯一の楽しみというくらい、弥千代はひっそりと静かに暮らしてきた。そんな穏やかな毎日をありがたいと感じているし、目立ったり派手なことを嫌う。

だからこんな突拍子《とっぴょうし》もない存在に出現されても、好奇心も湧《わ》かないし面食らうばかりだ。

「俺、クリスチャンでもないし、ピンとこないよ。……なんていうか、馴染みがなくて」

「まあそれは仕方ないにしてもだ。ともかく私は、貴様と契約を交わした。貴様の望みを叶えるまでは、帰ることができん」

ちょっと待って、と弥千代は顔を上げた。

「俺、あんたと契約なんか交わした覚えはないよ？」

「いや。確かに交わした。……腹を見てみろ」

言われて弥千代は、下腹部を覆っている毛布を、恐る恐るめくってみる。そして。

「わっ！　これあんたがやったの？　冗談じゃないよ！」

弥千代が思わずそう叫んだのは、腹部の下、足の付け根近くに、切り裂かれたような傷があったからだ。

しかもそれはただの引っかき傷ではなく、ローマ字とマークのようなものが印されている。

「もちろん。それは私のサインと花印だ。私の爪で記してある。すなわちそれが、お前と私の契約の証《あかし》だ」

「なにを勝手に……傷跡が残ったらどうしてくれるんだよ！　こっ、こんなのみっともなくて、お腹が痛くなっても医者にも診《み》せられないじゃないか！　傷害罪だ、慰謝料も払ってもらうからね！」

憤慨《ふんがい》して抗議する弥千代だが、呆《あき》れたように阿門は肩をすくめるだけだ。

「なんというロマンのないことを。かのフランスでは十七世紀の悪魔との契約書を、大事に国立図書館に保管しているのだぞ」

「残念でした、ここは日本だよ！」

弥千代は言って、腰に毛布を巻きつけるようにしてベッドから降り、下にある衣裳ケースから下着を引っ張り出した。

「まったくもう、勘弁してよ。なにが悪魔だ、人の服を滅茶苦茶《めちゃくちゃ》にしてくれちゃって。望みがどうとか言う前に、激安量販店のでもいいから服を買ってきて欲しい。あとブーツを脱げ、土足で上がるな」

阿門に背を向けて、ぶつぶつと愚痴《ぐち》りながら下着を身に着けると、どさっと頭になにかが落ちた。

驚いてつかんでみると、それは昨晩、確かに千切れてボロ布になってしまったはずの、弥千代のボトムスだった。

「そら。これでいいのだろう」

まじまじと手に取って眺めてみたが、破れるどころかほつれてすらいない。これは魔法だろうかと驚愕しつつも、弥千代は言う。

「……どうせなら、新しいのを買ってくれたほうが嬉しかったな」

「こんなことで望みが叶ったなどということになったら、仕事にならん」

阿門は卓袱台の上で腕を組み、端整な顔に困惑《こんわく》した表情を浮かべている。

「……貴様は妙な男だな。私に怯《おび》えるでもなく、崇《あが》めるでもなく」

そんなわけないだろ、と弥千代は苛立《いらだ》つ。

「昨晩、あれだけのことをされたんだよ？　強姦魔は怖いけど、怖い以上に腹が立ってるだけ」

「だから、悪魔だと言っているだろうが！　人を下等な淫魔《いんま》のように呼ぶな」

しつこく悪魔だと主張され、最初は頭のイカれた男としか思わなかったのだが、理屈では考えられないような目に散々遭《あ》わされるうちに、これは信じるより他なさそうだと弥千代は思い始めていた。

——悪魔。って言われても……。どう対処すればいいいんだよ、こんなの。わかんないよ。

弥千代はがっくりとうなだれて、頭を抱える。

——俺は静かに暮らしていたいだけなのに。なんだってこんな……普通じゃありえないような、厄介《やっかい》ごとや面倒が降りかかってくるんだろう。

のろのろと服を着終えた弥千代は、卓袱台の上の阿門と向き合うようにしてベッドに腰かけ、全身の空気を絞り出すような深い溜め息をついた。

「なんだその、鍋いっぱいのクリームシチューをうっかり毛足の長い絨毯《じゅうたん》の上にぶちまけて、人生なにもかも嫌になったとでもいうような残念そうな溜め息は」

阿門は目つきを鋭くし、ビシッとこちらを指さして叱責《しっせき》してくる。

「いいか、貴様は今まさに千載一遇《せんざいいちぐう》の幸運をつかもうとしているのだと、昨晩から言っているだろうが！　……遠慮なく己の望みを言うがいい！　私がすべて手に入るようにしてやる」

「望み……手に入れたいもの……？」

弥千代は天井を仰ぎ見て、改めて自分はなにが欲しいのだろうと考える。

だがどんなに必死に考えてみても、これといって思い浮かばない。

そんな弥千代に、阿門は昨晩も見せた得体の知れない笑みを浮かべた。

「よく考えろ。なにかあるだろう、春野弥千代。貴様の他人を見る目は、無機物を見るように冷ややかだ。世の中など、どうなってもいいと思っているのだろうが。孤立し、世を恨み、人を呪っているのではないか？　破壊、虐殺《ぎゃくさつ》、血で血を洗う非道なゲーム。なんでも貴様の思うがままだぞ」

甘く低い美声で、阿門は囁く。

「どうだ？　美女も美酒も大金も、すべてが貴様のものだ」

いらない、と弥千代は横目で阿門を見ながら、一刀両断にする。

「俺、恋愛とか興味ないいんだよね。女の人もわりと苦手だし。面倒くさいっていうか。……お酒も弱くてすぐ酔うし、安酒をちょこっとで充分なんだよなあ」

む、と阿門は眉を寄せる。

「なんだと？　人生の半分以上をつまらなくしているようなものだぞ、それは」

「余計なお世話だよ。とにかくお酒も恋愛も間に合ってる」

「……なるほど、わかったぞ。他人に興味がないくらいだから、自己愛は強いのではないか？　貴様は人間の雄としてはかなり整った部類の容姿だが、もっともっと美しくなることも可能だ。それにその身を美しく飾り立てる、高価な衣類や宝石も欲しいだろう」

なにそれ、とげんなりして弥千代は断る。

「自分の顔なんて、滅多に鏡も見ないくらい一番どうでもいい。鼻も目も口も今のままで不便ないし」

そうか、と阿門は一瞬おとなしくなったが、すぐに気を取り直した。

「では舌を満足させたいとは思わんか？　毎日望むだけの量の、趣向《しゅこう》を凝《こ》らした贅沢《ぜいたく》な食事を約束しよう。新鮮で高級な食材はもちろん、一流料理人の腕で巧みに調理された山海の珍味を喰らうことができる。朝昼晩、一生だ！」

やめて！　と弥千代は阿門の言葉を、片方の手を突き出して遮《さえぎ》る。

「俺、胃腸が弱くて小食だから……。そんな話聞いてるだけで胃もたれして、気持ち悪くなってきちゃった」

聞くうちにだんだんと、阿門の表情には困惑の色が濃くなっていく。だがまだあきらめてはくれず、よし！　と顔を上げた。

「才能はどうだ？　スポーツ、音楽、絵画、天才的な腕と運を貴様に授《さず》けることも可能だ。人々は貴様を讃《たた》え、喝采《かっさい》と惜しみない賛辞を贈るだろう。栄光に包まれた生涯、そしてその名は永遠に歴史に刻まれる……！」

ふふ、と思わず弥千代は、思わず笑いそうになってしまった。それに苛立ったのか、くわっ、と阿門は鬼の形相《ぎょうそう》になる。

「なんだ貴様、なにを笑っている！」

「だ、だってあんたが、あんまり必死だから。……でも悪魔にそんな力をもらったところで、所詮はインチキじゃない。それをわかって人に喝采されたって、虚《むな》しいだけだよ」

弥千代の言葉を聞くと、阿門は凍てついた色の瞳を見開き、心底驚いたという顔つきになる。

「……まさか、本当になにひとつ望みがないとでも言うのか？　私はこれでも数百年、人間どもとの付き合いがある。が、そんな人間とは会ったことがない。……仕方ない、少し時間をくれてやる。ゆっくり考えてみろ」

ううん、と弥千代はしばらく首をひねって考えていたが、その頭にひらめいたことがあった。曇っていた表情を明るくして、希望に満ちた瞳を阿門に向ける。

阿門も、いよいよ野望を打ち明けてもらえるのか、とでもいうように身構えて、期待に目を輝かせた。

「望みだったらなんでもいいんだよね？　それじゃあ……知り合いの不幸な人を、幸せにして欲しい！」

「なにい？」

心からの弥千代の望みに、阿門は思いきり顔を崩し、形のいい唇をねじ曲げる。

「貴様、他人が幸福になることを望むというのか？」

「うん。できるんでしょ？」

冗談ではない！　と阿門は一喝《いっかつ》する。

「私を愚弄《ぐろう》するな！　そんなくだらん下種《げす》なバカバカしいことが、できるわけがないだろうが！　悪魔の誇りにかけて、断固拒否する！　そんなものは神や仏にでも頼めばいい！」

握った拳《こぶし》を振って拒絶され、弥千代はがっくりと肩を落とす。

「……ふーん、なーんだ。そうなの。できないんだ……」

「えっ。ああ、まあな」

「あーあ。……なんだよ期待させておいて、結局それですか。悪魔にはがっかりだ」

やれやれと溜め息をつく弥千代に、阿門はプライドを傷つけられたらしい。

「ちょっと待て。それはつまりだな、管轄《かんかつ》違いの望みというだけだ」

慌てて釈明するが、弥千代はもう聞く耳を持たなかった。

身体は痛いし、寝不足だし、昨晩の辱《はずかし》めをどう受け止めていいのか、まだ心は混乱している。頭は回転するどころか、現実逃避しようとしていた。

目覚まし時計をちらりと見ると、まだ起床予定の時間まで三十分程度ある。

「悪夢じゃないかって気がしてきたから、俺、もう一回寝る。別に盗まれて困るようなものもないし、追い出すのは無理そうだから勝手にすればいいけど、もう望みがどうとか俺に構わないで」

言いながら、弥千代は毛布をかぶって横になった。と、阿門は卓袱台からベッドへと移動してきて座る。

「おい、寝るな。話はまだ終わっていないぞ！」

「だってあんたには、俺の願いは叶えられないみたいだし」

「他になにかもっとあるだろう！　こう……栄耀栄華《えいようえいが》を極めたいとか。一国一城の主になりたいとかだな！」

「しつこいなあ。ないよ」

そう言って、弥千代が毛布にくるまり枕に顔を押しつけると、阿門はふいに黙った。

やっとあきらめたか、と弥千代は二度寝するべく目を閉じたのだが。

「……っ、おい、なにしてるんだよ！」

毛布の中に忍び込んできた手に胸を撫でられ、弥千代はビクッとしてしまう。

「貴様の我儘《わがまま》さに腹が立って、泣かせたくなってきた」

「はあ？　腹が立ってるのはこっち……っあ、やめろってば！」

昨晩、散々犯された身体は、わずかな刺激にも過敏に反応する。

阿門の指がわずかに動くだけで、ビクビクと弥千代の身体は跳ねた。

「や、めっ……あんなの、俺はもう」

耐えられない、と言いかけた声を、唇で塞《ふさ》がれる。

「んう、ん」

阿門は伸し掛かるようにして、弥千代の身体を抱きしめてきた。

「んんっ、んうう！」

昨晩とは違い、がっしりと力強い腕で拘束《こうそく》されながらの口づけは、ひどく生々しく、男に抱かれていると弥千代に感じさせる。

　未知の力で身体を貪《むさぼ》られた昨晩とは、また別の怖さがあった。

「あ……っ、やっ、嫌だっ！　ふざけるな、俺は、これから仕事……っ」

　なんとか顔を背《そむ》けてキスから逃れ、うわずった声で非難すると、阿門の唇は首筋を伝い、耳に舌を這わせるようにして囁いてくる。

「悪魔の種族にもいろいろあるが、俺はウサギの姿を持っているからな。万年発情している仕様だ、あきらめろ」

「知るかよ、そんな……だっ、駄目」

　足の間に入ってきた阿門の手に慌て、弥千代は懸命に身をよじる。

「嫌なら、ひとつくらいまともな望みを口にするがいい。そうしたら優しく抱いてやる」

「抱かれる趣味とかないから！　だっ、だいたい、なんで俺なんだよ！」

　好き勝手に身体を嬲《なぶ》られ、涙目になりながら弥千代は抗議した。

「他にいくらでも、叶えたい願いを持ってるやつがいるだろ！」

「そうはいかん。もう契約してしまったのだからな」

「悪魔なんだから、律儀にそんなの、守らなくたっていいじゃないか！」

「こちらにも事情というものがある」

　答えた阿門は、しきりに弥千代の素肌を愛撫していた手をとめる。

「人間との契約は、我らにとっての仕事だ。いかに悪魔とはいえ仕事にはルールがある。

そして弥千代、貴様は記念すべき666人目の契約者なのだ」

「な、なにそれ。ゾロ目が揃《そろ》うと景品でも出るの？」

このまま阿門の気が、性的欲求から逸《そ》れますようにと祈りつつ、あえて挑発するように弥千代は言った。ありがたいことに阿門は話に乗ってきて、ニッと怪しい笑みを見せる。

「いや。もっと、いいものだ。……私の階級が上がる」

階級？　とおうむ返しにした弥千代に、阿門は説明を始めた。

「そうだ。私たちの地位は上から魔王ルシフェル様を筆頭に、アスタロト大公爵とその配下がおられる。私はサタナキア様の配下だが、あともうひとりの魂《たましい》を持ち帰ると……なんと首相、ルキフグス様の配下となれる！」

「……結構、下なんだね」

ボソッと言うと、阿門の目がカッと赤く光る。

「下というわけではない！　サタナキア様は大将の位におられる。その下の中将、少将、旅団長にもそれぞれ配下がいるし、さらにその下にも大勢の眷属《けんぞく》どもがいるのだぞ」

絶世の美形、しかもウサギの耳のついた悪魔に組み敷かれ、明らかに普通ではない状態だというのに——むしろだからこそ、弥千代は妙に現実的な、世知辛《せちがら》さを感じてしまった。

「……悪魔の社会にも、出世と競争があるんだ。なんだか大変なんだね」

「ああそうだ。責任を感じたなら、野望を持て。よこしまなほど歓迎する」

なおもしつこく上体を拘束しようとして、伸ばされる阿門の腕から逃れようと、身をよじりながら弥千代は言う。

「でもこの契約、勝手にあんたがサインしたんじゃないか。俺は了承した覚えはないし。……悪魔の世界じゃ、クーリングオフって制度はないの？」

「逆に聞きたいが、そんなものがあると思うか？」

「ないだろうな、とは思う」

「当たり前だろう。我ら偉大な悪魔族にとってみれば、人間などちっぽけな獲物、生贄《いけにえ》でしかないのに、そんな親切な制度は必要ない」

「ひどい悪徳商法だね」

「悪魔だからな」

そう言われてしまうと、そりゃそうだろうねと弥千代は納得するしかない。

「納得したか。それはよかった」

話は終わったとばかりに再び阿門の手が身体を這い、やめろと弥千代が焦《あせ》っていると、ふいに目覚まし時計が鳴り始めた。

うお！　と長い耳を押さえて阿門が飛び上がり、同時に目覚まし時計が誰も触れていないのに、壁に叩きつけられて音が止む。

「なんだこの、けたたましい無粋《ぶすい》な音を出す機械は！」

弥千代は内心ホッとして、まず床に転がり落ちた目覚まし時計に目をやる、次いで阿門を恨めしく思いながら見る。

「こ、壊さないでよ。また買わなきゃならない。今月、余裕がないのに……」

それを口実に長い腕から逃げ出すようにして、急いでベッドから降りて目覚まし時計を拾い、小さなクローゼットを開けた。

他人にこんなふうに素肌を触られるのも、密着するのも、ほとんど初めてのことで、胸の鼓動はバクバクとずっと激しいままだ。

「もう俺、起きるから。あんたもベッドから出てよ」

「そんなに私を邪魔もの扱《あつか》いするな。傷つくではないか」

「いや実際、よこしまな魔だから、邪魔そのものでしょ。邪魔がウサギの耳を付けてるとしか言いようがないくらい、存在が邪魔。っていうか、なんで悪魔にウサギの耳がついてるの？」

「使い魔として獣の姿を取る場合には、ウサギの姿を取るからな」

えっ、と弥千代は初めて阿門の言葉に、激しい興味を示した。

「ウサギ？　全身ウサギになるの？　なってみてよ、早く」

夢中でせっついた弥千代に、阿門は機嫌を損ねたらしい。

「軽々しく私に指図をするな！　契約したからといって調子に乗ると仕置きをするぞ」

言われた瞬間、軽く爪の先で引っかかれたような刺激が局部に走り、ひっ、と弥千代は股間を押さえた。

「なっ、なにするんだよ！　なれるって言うから、じゃあなってみて、って思っただけなのに。真に受けるとやっぱりできないとか、そんなのばっかりじゃないか」

涙目で抗議しつつ、早く無防備な素肌を隠そうと、古い洗いざらしのシャツを引っ張り出して身に着けていると、阿門は顔をしかめた。

「それにしても、なんというみすぼらしさだ。貴様、そんな状態だというのに、まともな服を揃えられる金が欲しいとは思わんのか？」

「え？　ああ、うん。別に穴は空いてないから。これでもまだ充分着られる」

そう答えて着替えをする弥千代を、しばらく阿門は無言で眺めた。背を向けてはいるものの、首筋や腰に痛いほどの視線を感じ、弥千代はまたベッドに引きずり込まれるのではと、心の中で冷や汗をかく。

自分が性的な対象として見られることなど、これまで想像したことすらない、言葉の応酬で強がってはいるものの、本当は怖いやら恥ずかしいやらで、どうにかなってしまいそうだったのだ。

幸い阿門は手を出してはこず、代わりに不思議そうに言う。

「ところで貴様、なぜ着替えている。まさか出かけるつもりではないだろうな」

「な、なんでまさかなんだよ。ご飯食べたら仕事に行くに決まってるでしょうが。……言っとくけど、あんたの分の朝食を出すつもりはないから」

「貴様はまだ理解していないのか？　私に一言、億万長者になりたいと願いさえすれば、働く必要などないんだぞ」

「ああそう、はいはい」

もうなにを言われても構わず、洗面所がないためシンクで洗顔と歯磨きをする弥千代の背中に、必死に阿門は説得を続ける。

「聞いているのか？　……おい、今度はなにをする気だ、その冷や飯《めし》をどうする。鍋に身体に悪そうな安い油をひいて、特売品の卵とうすっぺらいハムの切れ端を入れて……」

「チャーハン作ってるんだよ！　悪いか！」

無視を決め込むつもりだったが、苛立って思わず言うと、阿門は嘆く。

「だから、貴様が望めば贅沢三昧《ざんまい》できると言っているだろうが。すぐに豪勢な食卓を用意してやる。そんな豚の餌《えさ》は捨てろ」

「豚の餌で悪かったね！」

鍋の取っ手をつかんでベッドに行くと、腰を下ろしてスプーンで黙々と食べ始める。

阿門は美しく整った柳眉《りゅうび》を顰《ひそ》め、鍋の中を無遠慮に見る。

「そんなものが美味《うま》いのか？」

「不味《まず》くはないし、お腹が膨《ふく》れればそれでいいんだよ」

なるほど、と阿門はふいに納得した顔になり、左手の手のひらを、右手の拳でポンと打つ。

「貴様、マゾなのか！」

「……はあ？　なんの話」

「惰眠《だみん》を貪る快感を放棄し、したくもない仕事に行き、不味いものを喰らって満足し、なにも望みがないと言う。これはつまり、耐えることに喜びを見出しているのではないか？」

「そう思いたければ勝手に思ってなよ、もう」

弥千代は食べ終えた鍋とスプーンをシンクに置き、水を入れると、財布とブルゾンを手に取った。再び阿門がその気になる前に、少しでも早く家を出たかったのだ。

「俺は仕事に行く。あんたが契約解除できないっていうなら、一日ここで昼寝するなり、飲んだくれるなり、どっかでギャンブルするなりして遊べばいいよ。勝手にして」

「貴様、仮にも上級悪魔の私を、俗物の駄目人間のように言うな」

「上級？　下《した》っ端《ぱ》なんでしょ？」

「中将より上の悪魔に仕《つか》えているものは、上級とされているのだ」

「そっちの事情なんか知らないよ」

中将だろうが大将だろうが、迷惑という意味において、駄目人間より悪魔のほうがずっとたちが悪いと弥千代は思ったが、面倒なのでもう相手にしないことにした。

ところが、玄関を出ると阿門もついてくる。

「なに。まさか職場までくっついてくる気なの？」

「なにか問題でもあるのか？」

聞き返され、弥千代は溜め息をつく。

「コスプレが趣味の男と一緒に出勤したって、変な噂《うわさ》がたちそうだ……」

鍵を閉める弥千代を睨み、腕組みをして立っている阿門は、苛立ったようにブーツを履《は》いた右足を、踵《かかと》だけ床に着けたままバタバタと踏み鳴らす。

「つくづく失敬なやつだな、貴様は。……しかしその不快な物言いと、虫けらでも見るような目は、契約者としては非常に素晴らしい潜在能力を秘めていると思う。そのくせ野望がまったくないとは、信じがたい」

「ねえ。ぶつぶつ言ってる暇があったら、着替えてくれないかな。そんな格好の人と歩くなんて、本気で恥ずかしいんだけど」

言い捨ててアパートの階段を下りる弥千代の背を、阿門の声が追いかける。

「心配無用だ。この時代に私の衣服がそぐわないことくらいわかっている。……そのように意識すれば、私の姿は他の人間には見えないから問題ない」

本当かな、と訝《いぶか》しみつつ弥千代が道路に降りると、前方からジョギング中と思しき女性が走ってきた。弥千代はいったいどうなることかと、素知らぬ顔でその様子を見守る。

　すると女性は、軍服のような時代錯誤の格好をし、銀髪に白いウサギの耳という阿門のすぐ横を走り抜けながら、一瞬の反応すら見せなかった。

　思わず阿門を見ると、言った通りだろう、という顔をしている。どうやら、他の人間に見えていないというのは事実らしい。

　やがて駅に近づくと、弥千代は本当に職場までついてくるのかと、阿門に問いかけようとした。

　だがこの辺りまで来ると商業区域でもあり、早朝とはいえ通行人も多い。

　他人からは見えない阿門に話しかけたりすると、ひとりでしゃべっている自分が変に思われると弥千代は気が付き、なんだか妙な気分になった。

　――本物の悪魔か。……とんでもない災《わざわ》いを運んできたりするのかな。……でもまあ、今さらっていうか、別にどうでもいいや。むしろそれならそれで、気にしなくていいのかもしれない。だって俺は。

　考えながら歩いていた弥千代が何気なく横を向いた、その瞬間。

「――――ッ！」

　いきなりどこからか落下してきたスパナが、阿門の頭を直撃した。うぐ、と阿門はうなり、頭がガクンと前に垂れる。

弥千代は自分の頭から、血の気が引くのを感じた。いくら相手が悪魔でも、こんな惨事は見たくなかった。

――やっぱり……！　やっぱりこんなことになるんだ。

と、思いがけないことが起こった。さすがに悪魔といえどもただではすむまいと、息を呑《の》んで立ちすくむ弥千代の目の前で、ぐんぐんと阿門の身体が縮み始めたのだ。

――え……？　どういうこと？

「すみませんっ！　大丈夫ですかっ！」

呆然としている弥千代の頭上から、悲鳴のような声が聞こえてくる。

見上げると、道沿いの工事中の建物の高い場所から、作業員が青い顔をしてこちらを見ていた。現場監督らしき男が、すぐに駆け寄ってくる。

「大変申し訳ありませんでした！　お怪我は？」

「あ。いえ。俺は……別に」

現場監督が、弥千代のことだけを心配そうに見ているところからして、やはり阿門は見えていないらしい。そのためどこも異常のない弥千代を見て、よかった、と胸を撫で下ろす。

ねえねえ、と今の一部始終を見ていたらしき通行人たちが、囁き合うのが耳に入る。

「今のやばくない？　すごい上から工具が落ちてきたよ？」

「直撃してたら即死か、しなくても頭蓋骨陥没《ずがいこつかんぼつ》だよね、絶対……」

監督が行ってしまうと、弥千代は慌てて阿門の様子をうかがった。そして。

——えっ。……もしかしてこれ、あいつ？

弥千代が呆気《あっけ》にとられたのは、想像もできない理由からだった。阿門の代わりに小さな、白銀色のウサギがぐったりと寝そべっていたのだ。

——うそおお、可愛《かわい》いい！

心の中で叫びつつ、弥千代は自分の表情が一気に緩《ゆる》むのを感じた。

——真っ白でふかふかのウサちゃん……しっ、死んでないよね？　大丈夫だよね？

弥千代は基本、小動物ならなんでも好きだが、中でもウサギには目がない。

三度の飯よりウサギが好きで、ペットショップで眺め始めると、あっという間に休日が終わってしまうくらいに好きなのだ。

あわあわしながら腰を落とし、どうしていいのかわからないまま、思わず両手を差し出した。

するとウサギは、のっそりと起き上がってぶるると頭を振り、そしてジャンプする。

「わあ！　ちょっ、なに！」

いきなり弥千代の腕を蹴り、ウサギは肩に飛び乗ってきた。

はあん、と喜びの吐息が、弥千代の唇から漏れる。

──よかった、元気だった。……温かくて柔らかい……ちっこい手足……胸がきゅんてする……。

どっしりとした重みとそのぬくもりに、思わず顔がにやけてしまった弥千代だったのだが。

なんだか変な人、という目でじろじろ通行人に見られていることに気が付き、このウサギの姿は阿門と同様に、自分以外には見えていないのだと悟る。

「あ……あの。ねえ、ウサちゃん。もしかしてきみ……阿門なの？」

ちょこんと肩に座っているウサギに、小さな声で尋ねてみると、うんうんとウサギは頭を上下に振った。

そして小さな桃色の、愛らしい口が開く。

「そうだ、私だ。スパナを落とした粗忽《そこつ》な男には、明日からウイルス性胃腸炎で一週間地獄の苦しみを味わわせてやる」

阿門と同じく邪悪さを感じさせる声で言われて、弥千代はがっかりしてしまった。

「卑怯《ひきょう》だ。なんでそんな……可愛いウサギの姿になってるんだよ……」

せっかくの愛らしい姿から、禍々《まがまが》しい声が聞こえてくるのを勿体《もったい》なく思う弥千代に、淡々とウサギの阿門は言った。

「体調が悪かったり、眠かったり疲労するとこの姿になるのだ。今の一撃で、一気に消耗《しょうもう》

してしまったからな」

そして弥千代が思った通り、他の人間には見えないようだ。

電車に乗ってシートに座ると、阿門は肩から膝の上に移動してきたが、他の乗客の視線はまったくこちらに向けられない。

——……あああ。ネコや犬も好きだけど、やっぱりこの、ころんほわほわ、ってフォルムがたまらない。お耳がしゅっ。お鼻ちまっ。尻尾がポムポム。それにすごく……懐かしい。

子供のころウサギを飼っていた記憶のある弥千代は、膝に乗った丸いぬくもりの塊と重さに、恍惚《こうこつ》としてしまう。

現金なもので、大好きなウサギの姿になられると、中身が悪魔だとわかっていてさえ嫌悪感は湧いてこない。

——あんなスパナが頭を直撃してもケロッとしてる、死なないウサギ……それなら病気や寿命も気にしないで、ずっといつまでも一緒にいられる……。

そう思いかけてしまった弥千代は、慌ててぶんぶんと首を振る。

——なっ、なにを考えてるんだ俺は。長い間、人と付き合うことをしなかったからって、悪魔なんかいないほうがいいに決まってるだろ！　確かに今のこの姿は可愛いけど……中身は夕べみたいなことをしてくる変態なんだから、騙《だま》されちゃ駄目だ。傍《そば》にいたら、頭がおかしくなっちゃうよ。

電車を降りると再び阿門は肩へと飛び移り、会社に着いて更衣室に設置されているタイムカードを押しても、その定位置から動こうとはしない。

「なんだ。なかなか大きな会社ではないかと思ったが、貴様の仕事は掃除なのだな」

近くに人がいたので、弥千代は声は出さないまま、阿門に無言でうなずく。

弥千代が所属しているのはビルの管理会社と契約している清掃会社で、ビルのテナントに入っているオフィスとは直接関係ない。社員たちが出社してくる前に、共有部分の掃除をするのが主な業務だ。

更衣室には三十人分ほどのロッカーがあり、同じように着替えていた年上の男が、弥千代の後ろを通り抜けざまに言った。

「おい、春野。お前着替え遅いぞ。ぐずぐずすんなよ」

はあ、と小さな声で言って、仏頂面《ぶっちょうづら》で弥千代はうなずく。男はムッとした顔になった。

「声が小さい！　まったく、愛想のかけらもないやつだな」

自分でも弥千代はそう思う。他人から話しかけられても、ボソッと返事をするのがせいぜいで、会話が成り立つことはほとんどないといっていい。

けれど、これでいいのだった。うっかり愛想よくして、万が一にも気に入られてしまったら困る。

すぐにロッカーの扉を閉め、更衣室を出ようとした弥千代に、肩の上の阿門が囁いた。

「なんだ今の男は、感じが悪いな。貴様も気に食わないと思っているのだろう？　あいつに復讐して、ひどい目に遭わせてやるのはどうだ」

「別に気に食わなくないし、復讐なんてそんなの全然、して欲しくないよ」

周囲に気付かれないよう、小さな早口で言って、弥千代は道具を取りに向かう。

「どうして。古今東西《ここんとうざい》、偉そうな上司に一泡吹かせるというのは、多くの労働者が望むことだぞ。失脚させ、あの地位を貴様がのっとってやればいい」

「俺は望んでないし、地位なんていらないってば」

そっと囁きながら、まずは業務用の掃除機を持ち出し、割り当てられている区画の、大きなホールへと向かった。

まだ時刻は朝の六時過ぎで、ビルに社員の姿はほとんどない時間帯なのだが。

「あら、お掃除。ごめんなさい、すぐ出るわね」

ドアを開けると人がいて、弥千代はうろたえた。

仕事上の緊急事態で時間外に出社してきたのか、管理職らしき仕立てのいいスーツを着た女性社員と一緒に、大きなテーブルの端でノート型パソコンを見ていた同年代の男二人が、厳しい表情のまま席を立つ。

三人が出ていき、掃除機をかけ始めた弥千代に、またも阿門はろくでもないことを勧めてきた。

「今の女は、なかなかの美女だったな。それにいい身体をしていたではないか。抱きたいとは思わないか」

「全然！　興味もないし、面倒くさそうとしか思わない」

　室内は人がいないし、大きな音で掃除機をかけているため、今度は大声で答えを口にすると、肩の上で阿門は右足を、バタバタと踏み鳴らした。

「あれもこれも興味がないと言い、こんなつまらん仕事に精を出す。念を押すが、貴様本当にマゾではないのか？」

　むう、と弥千代は口をへの字にした。ウサギの阿門の見た目は可愛いが、やはり言うことは可愛くない。

「楽しくない仕事をするのがマゾだったら、世の中マゾだらけじゃないか」

「楽しくない仕事をしなくていいと言っているのに、貴様がせっせと働いているからだ」

　そんなことを言われても、と弥千代は掃除機のスイッチを切り、途方に暮れる。

「働かないなら、毎日やることがないじゃない。退屈なほうが辛《つら》いよ」

「遊べばいいではないか。趣味はないのか」

「趣味もない。強《し》いていうなら、眠ることかな」

「もしかして、貴様。……そうか、そういうことか」

阿門は勝手に納得したらしく、うんうんとうなずく。

「弥千代はあまりにものを知らないから、欲しがらないのではないか？」

「ああ。それはあるかも」

テーブルを拭《ふ》き終えた弥千代は、今度は窓ガラスに薬剤を吹きつけ、乾いた布で拭き始める。

薬剤の匂いが嫌だったのか、阿門はぴょんと肩から飛び降りた。そうしてしばらく、後ろ脚で立ち上がってこちらを見ていたが、弥千代が知らんぷりでせっせと窓を拭いていると、急にガリガリと床を前脚で削り出す。

「……ちょっとちょっと。傷をつけたりしないでよ」

注意はしたが、ウサギ姿の阿門には厳しく言えなくて、つい口調は優しくなる。

「傷がついたところで、貴様には関係ないだろう。なんとなく落ち着くのだ」

なおもガリガリとタイルの床を引っかく阿門を内心、可愛いなあとうっとりしながら見るうちに、弥千代はあることに気が付いた。

「もしかして、おでこのそれって、角？」

ウサギの小さな額には、両方の目の上二センチばかりのところに、とても小さいネジのような、くるくるとねじれた角が生えていた。

阿門は床を掘るのをやめ、鼻をぴくぴくさせながら弥千代を見上げる。

「うむ。そもそも悪魔は、人型以外だと山犬や山羊《やぎ》の姿を取るものが多いが、ウサギの姿をする場合にはジャッカロープなどと呼ばれ、角が生えている」

へえ、と感心しながら思わず手を伸ばし、額を撫でそうになってしまった弥千代はサッと手を引っ込めた。

ウサギの阿門は、赤い目をぱちくりさせる。

「うん？　なんだ貴様。今、私の愛らしさに魅《み》せられて頭をなでなでしようとしただろう。なぜやめたのだ」

「……ウサギは好きだから。中身があんただってこと、一瞬忘れそうになっちゃった」

「ふうん、そうか。では忘れて遠慮なく撫でるがいい、許すぞ」

ためらう弥千代だったが、くりくりとした瞳に見つめられ、つい腕を差し出してしまったその瞬間。

阿門は小さな両前脚で、がしっと弥千代の手首をつかんだ。

そして驚いた弥千代が手を引っ込める間もなく、高速で腰を揺すり始める。

「わあっ！　やめろ、発情ウサギ！」

思わず腕を振り払うと、ぽーんとウサギは宙を舞う。そしてストッと着地したときには、再び人の形になっていた。

職場で再び美貌の悪魔に出現されて、弥千代はうろたえながら抗議する。

「朝から盛らないでよ、まったく……！」

「だから言っただろう、ウサギは常に発情しているのだと。それに貴様から汗の匂いがして、誘われた」

「さ、誘われたって……」

カアッと弥千代は、自分の顔が火照《ほて》るのを感じた。

「なに勝手なこと言ってるんだ、仕事中にいい加減にしろ！」

鼻息荒く言い捨てて、弥千代はもう一度掃除機をかけ始める。

けれどその脳裏には、今の阿門の行動がきっかけで、昨晩のことが生々しく浮かび上がってきていた。

——そ、そもそも俺は、男だっていうのに。なんだかものすごく、恥ずかしい声を出した記憶がある。よがって……身体をくねらせて。……だ、だって、あんなふうに身体を好き勝手されたら、誰だっておかしくなるに決まってるよ。それに、そうだ。相手は悪魔なんだから……き、気持ちいいとか思ったって、仕方ないと思う。

鼻から抜ける甘い声。熱い吐息混じりの喘《あえ》ぎ。汗の匂い。そして痺《しび》れるような、強く激しい快感。

思い出すうちに、弥千代の頬はますます熱を持ってきていた。そして。

「っ！　なっ、なに」

背後からふいに阿門に抱きしめられ、弥千代は焦った。

「貴様も今、発情しているんだろう？」

「は？　ぜっ、全然違うから！　あんたウサギの姿のままでいてくれよ、そのほうが可愛げがあって無害だから！」

あわあわと汗をかきつつ、弥千代は必死で逃げようとする。

だが背後から回された両手はそれを許さず、昨晩の回想でうっかり熱を持ち始めてしまった部分に触れてきた。

ビクッ、と身体が正直に反応してしまう弥千代に、阿門は楽しくてならないというように耳元で囁いてきた。

「ウサギの私のほうが好みか？」

「そ、そうだから！　早くウサギに戻ってよ！　さ、触るなったら」

「しかしそれだと、こういうことができないではないか。昨晩の貴様は、なかなか可愛かったぞ。また泣かせたい」

「か、可愛い？　俺は男だぞ？」

「貴様だって、ウサギの私を可愛いと言ったではないか。私は貴様の身体が気に入った。肌も綺麗で、清潔感がある」

これまでの人生の中で、性的な対象にされることもだが、人に抱きしめられて肯定的《こうていてき》なことなど言ってもらったことのない弥千代は、不覚にもどぎまぎしてしまう。

「う、嘘つけ、悪魔のくせに……っ」

「悪魔だからこそ、世辞《せじ》や建前などいらんのだ。欲しいものは欲しい。それだけだ。私は弥千代……貴様の汗の匂いも、恍惚とした表情も好ましく思ったぞ」

女の子と手を繋いだことすらない弥千代は、恋の囁きに慣れていないどころの話ではない。

それがこんなに刺激的なセリフばかり連発されて、どう反応していいのかまったくわからなかった。

せめて口では負けないとばかりに言い返したいのだが、ぱくぱくと口を開くばかりで言葉が出てこない。

「あ、汗の匂いとか、そ、そんなの、だって、暑いと誰だって汗かくし、同じだし」

「同じじゃない。貴様の汗は、私を昂《たかぶ》らせる芳香《ほうこう》がする」

舌先で耳に触れられて、ビクッと弥千代の身体が跳ねた。

「しっ……仕事中だって、言って……っ！」

「しかし、誰もいない」

ねっとりと甘い声で阿門は囁き、作業服の下に手を入れてきた。

「っあ！　やっ、やめ、汚れ、るっ」

耐えきれない快感に、ぎゅ、と瞑《つむ》った目に涙が滲《にじ》んでくる。

「本当だ。もう下着まで濡れているぞ。このままだと作業着にも、恥ずかしい染みができてしまうな」

「やっ、あっ、駄目ぇ……っ」

「だったら、脱げばいい」

阿門は言って強引な腕が、ずるりと弥千代の下半身を露出させる。

「いや、あっ、こっ、こんな、とこで」

力の抜けた弥千代の手から、掃除機の持ち手が床に落ちた。

「あう……っ！」

むき出しになった局部を直《じか》に手で握られて、弥千代は背中を丸めて俯《うつむ》く。

とてもまともに立ってはいられず、両手で壁に手をついた。

「昨晩はまだ、なにも知らない身体だったようだが。覚えが早い、敏感で淫らな身体だ」

「う……っ、や、いや」

快感にぼうっとしそうになりつつも、今にも誰かが入ってくるのではないかという恐怖と恥ずかしさが、弥千代にはある。

けれどその、切羽詰《せっぱつ》まった緊張感が余計に弥千代を混乱させ、一気に自身が硬度を持って反り返ってしまう。

先端から滴るものでぬるぬるになってしまった熱い局部を、阿門は下から上へと執拗にこすりたてる。

「んん……あ、はあっ」

弥千代はもはや、抵抗ができなかった。両手はだらりと下がり、背を反らして顎を上げ、全身が快感にひくひくと震えている。

阿門の指の腹が、滑らかな先端とその窪《くぼ》みを撫でまわし、窪《くぼ》みを強く押したそのとき。

「は、離して……っ、ああ！」

ビクッと大きく痙攣し、とうとう弥千代のものは弾けてしまった。

はあはあと肩で息をする弥千代を、背後から阿門は抱きしめてくる。

「どうだ。よかっただろう。……貴様が望みさえすれば、永遠にこの快感に浸《ひた》ることも可能だ。労働も社交も、人の世のことなどすべて忘れて甘い悦楽《えつらく》に浸ればいい」

こんなに他人と密着した経験のない弥千代は、まだその腕を振りほどけずにいた。

抱きしめられているだけで、心臓が激しく高鳴って収まってくれない。

――なんで、俺。こんなことになっちゃってるんだ……。

困惑と快感の余韻《よいん》で呆然としていた弥千代だったが、その視線を床に向け、ハッと我に返った。

「あっ、床……」

自分の放ったものを見て、弥千代は慌てる。こんなところを仕事の関係者に見られたら、たちまち解雇されてしまう。

「離して！　は、早く綺麗にしないと」

慌てて阿門の腕の拘束から逃れると、乱れた衣類を直し、腰に下げている雑巾《ぞうきん》で、必死に床に零れた液体を拭きとる。

羞恥でどうにかなりそうな弥千代のことなどお構いなしに、阿門は溜め息をつき、机の上にどかりと座った。

「そんなに恥じ入らなくともいいだろうに。ちょっとした悪戯《いたずら》にすぎん。……貴様、本当になにも知らんのだな。セックスの知識も、恋愛も」

呆れていたようだった阿門の顔に、改めて弥千代に興味を示したというような、別の表情が浮かぶ。

バカにされたような気がして、弥千代はそっぽを向き、掃除を再開した。

「別に、知らなくても、生きるのに支障はないから」

つぶやいてせっせと手を動かす。実際、弥千代には恋愛経験が皆無だった。

それどころか、友人と呼べるような深い付き合いをした人間すら、これまでの人生でひとりもいなかったのだ。

その原因は、弥千代の生い立ちにあった。

『あんたって子は、疫病神《やくびょうがみ》だよ！』

　現在は遠くの地方で生活しているという母親から、それが最後に言われた言葉だ。

　母親は弥千代が生まれた直後に父親に捨てられ、さらには次にできた男も、弥千代が目《め》障《ざわ》りだからと出ていってしまった。

　捨てゼリフを残して母親は失踪《しっそう》し、しばらくの間弥千代は、母親の妹の家に預けられた。

　特に優しい叔母ではなかったが、それなりに世話をしてもらった記憶がある。

　そこで弥千代は、生涯で唯一心を開ける対象を見つけた。

　それは一匹の、小さなドワーフウサギだった。

　小さく柔らかく可愛らしく、弥千代にとても懐いていて、喜んで世話をしていたのだが。

　ある日の夜、病気の兆候《ちょうこう》さえ見せないまま、ぽっくりとそのウサギは死んでしまった。

　前日に激しい雷が長時間鳴っていたことと、異常気象で極端に寒暖差がある日が続いたことが原因らしいのだが、幼い弥千代にとってはあまりよく理解できず、自分に懐いていた生き物がいきなり死んでしまったことは、大きなショックだった。

　さらにはその一週間後、漏電《ろうでん》で叔母の家が火事となり、結局弥千代は施設へと入れられた。

　しばらくして三人目の男と結婚することになった母親が、引き取ると言って訪ねてきたときは嬉しかったのだが、弥千代を同居させるために引っ越した先で相手の男が傷害事件を起こし、再婚どころではなくなってしまったらしい。

そのため母親は自分を『疫病神』などと言ったのだと思う。

確かにそうなのかもしれない、と幼心に弥千代は感じた。

特にウサギを亡くした衝撃は大きく、自分のせいかもしれないという気持ちが、今も心のどこかで拭《ぬぐ》えていない。

自分がいなければ、母親は最初の夫と今も幸せに暮らしていたかもしれないし、叔母もウサギと平穏《へいおん》な日々を送っていたかもしれないではないか。

自分と関わると、人は不幸になる。実際、小学校時代にほんの少しでも親しくした相手は、交通事故に遭ったり、体育の授業で怪我をしたりした。

世話好きで面倒を見てくれた教師が、身体を壊して退職したこともある。

そのため、もともと口下手で社交的ではない弥千代は、できるだけ人と距離を取るようになった。

できる限り誰からも距離を取り、迷惑をかけないように、そっと静かに暮らしていこうと心に決めたのだ。

自分が母親や叔母、学校で関わった人たち、そしてウサギを不幸にしてしまったのではという罪悪感は、ずっと弥千代を苦しめている。

だから今でも母親と叔母には、わずかながら仕送りをしているので、生活はいつも苦しかった。

それでもただ淡々と日々を送るという平穏な人生は、弥千代にとってありがたいものだった。

そんなことを知るはずのない阿門は、長い足を組んでテーブルに座り、右手の中指を額に軽く添えるようにして考え込む様子を見せながら言う。

「……無知であるから欲しがらん、というのは理解できる。舌が肥えてこそ、美味を追い求めるというものだ」

「いいからそこ、ちょっとどいてくれる？　邪魔なんだってば」

恥ずかしいせいもあって、ことさら弥千代は攻撃的に言った。せっせとテーブルを拭き始め、どけとばかりに阿門を雑巾でぐいと押す。

「あっ、貴様、雑巾で触るな。私のベルベットのジャケットが汚れるではないか」

「だ、だいたいね、他人に見えないとはいっても、その服なんとかならないの？　ぴらぴらきらきらして、落ち着かないんだけど」

「昨今の服は素っ気なくてつまらん」

「まあ、銀髪にウサギの耳がついてたら、なに着ても似合わないだろうけど」

「なんだと、失敬な！　よし、見ていろ。華麗に現代の服を着こなしてやる」

「あ、そうだ、それなら」

と弥千代は雑巾をバケツで絞り、窓から外を指し示す。

「ほら。あそこのファッションビルなら、いろいろ揃ってるよ。行ってみれば」

よし、と阿門はテーブルから降り、ビルの場所を確認する。

「では見に行くとするか。貴様は当分、ここでクソ真面目につまらん作業に精を出すのだろう。眺めていても退屈だからな」

好きにしろ、と弥千代が肩をすくめていると、スタスタと阿門は部屋を出ていった。

残された弥千代はドッと激しい疲れを感じ、同時に阿門の姿が見えなくなったことに安《あん》堵《ど》して、はあ、と大きな溜め息をつく。

いきなり阿門が目の前に現れてから、ようやくひとりきりになれたのだ。

「いったいなんだったんだ、あいつは……」

シン、と静かになったオフィスビルの一室にいると、まるで悪夢から覚めたようにここ半日の出来事が、とても現実にあったこととは信じられない。

だが、恐る恐る作業着をめくり上げてみると、確かに下腹部の左側に、ＡＭＯＮという飾り文字のサインと、蝶《ちょう》のようなマークが描かれていた。

――だけど、あいつが本当に悪魔なら、俺が一緒にいて不幸にしても問題ないわけだよね。その点だけは、よかったかもしれない。

とはいえもちろん、よいことより悪いことのほうが大きいに決まっている。

　この日弥千代は、昨晩と先刻の、阿門による性的な悪戯のせいで身体がだるく、いつものようにてきぱきと仕事がこなせずに、見回りの監督に小言を言われて、終業時間を迎えたのだった。

第三章

——どうも今ひとつわからんな。

平日の昼間であるせいか、他に客のいない高級紳士服売り場の試着室でスーツに袖を通しながら、阿門は首を傾げていた。

ここ数百年、ほとんどの場合、自分を召喚《しょうかん》して呼び出した人間たちは、例外なくわかりやすかった。

欲望にまみれ、あれもこれもと際限なく自分にねだってくる。

阿門は悪魔族の中でも、強欲さにかけては抜きんでていたし、彼らのことはとても簡単に理解ができた。

そのため、召喚された後にどうなっていくかの予測も楽で、どの程度の年数をかければ、ぶくぶくと肥大した欲望の塊と化した魂を手に入れられるか、だいたいの見当がついたのである。

前回、人の魂を手に入れたのは、契約者の周りの誰が殺されるか、誰を殺すか、わからないような殺伐とした場所だった。

ところが今回、自発的に阿門が現れたこの場所は、どことなく空気に緊張感がない。都市は発達し、人口は過密で、人々は疲れた顔をしているのだが、銃撃どころか喧嘩さえほとんど目にしなかった。

――政府か宗教によって、人々の思考さえコントロールされた国なのだろうか。

だとしたら厄介だと思ったのだが、そういうわけでもなさそうだった。あまり長いこと誰とも契約せず、ふらふらと人間界を彷徨うばかりだと、業務怠慢として減点される可能性がある。

焦った阿門は、あまりに人が多いと選びにくいため、あえて人の少ない住宅街で契約者を物色した。

――最終的には魂を奪うが、十数年単位の付き合いになるのだから、見栄えはいいほうがいい。子供は駄目だ。親が躍起になって悪魔を祓おうとしたことがあったからな。といって年寄りは、特定の宗教に傾倒している可能性が大きい。

そこで目を付けたのが、すっきりと目鼻立ちが整い、それでいて生気のない瞳をしている弥千代だったのだ。

試しに言葉をかけてみると、返ってきた答えはなげやりな、冷たいものだった。こちらが困っていると訴えているのに、面倒くさいと全身で告げてくるような態度をとられ、阿門は心の中で歓喜していた。この男ならば、無慈悲に他人を踏みつけて、自身が成功する道を望むと確信したからだ。それだけではない。

――肌の手触りも、泣き顔も、声もよかった。下腹部に我が名を刻んだ感触が、まだこの爪に残っている。

阿門は弥千代に花印を刻みつけたときのことを思い出し、満足気に指先を見つめる。しばらく月日を共にする契約者として、申し分のない相手だと思えた。

ただ弥千代から、ギラギラした上昇志向が、まったく感じられないことだけが気にかかる。

――まだ警戒しているのかもしれんな。もうしばらくすれば、弥千代も本性と欲求を露にするかもしれん。

そうとでも考えなくては、今までの人間たちと弥千代は、あまりにもかけ離れすぎていた。

それに、ウサギの姿の自分をあれほどまでに可愛がる人間に出会ったのも、初めてのことだ。

なにしろ悪魔は恐怖の対象である。動物の姿を取っていようと、触れられることはおろか、撫でられたり抱きしめられたことなどなかった。

「……まあ、悪い気はしない」

上着をビシッと着た鏡の中の自分を眺めつつ、阿門はそうひとりごちた。

それからゆっくりと、長い髪でも洗うような仕草《しぐさ》で耳を撫でつける。

——身体が無垢《むく》なところもそそられる。これからゆっくりと料理し、徹底的に従属させ、私好みの肉体に仕上げていくのも悪くない。

尖った舌先でぺろりと唇を舐《な》め、仕上げにソフトハットで耳を隠す。

試着室を出ていくと、待っていた女性と男性の店員ふたりが、一瞬にして顔を真っ赤にした。

「素敵……！　い、いえ、失礼しました、よくお似合いです、お客様」

「本当に。まさにお客様のためにあつらえたような……」

そうか、と不敵に笑うとますますふたりはのぼせたように赤くなり、うっとりと目を潤ませる。

「では、こちらをもらおう」

「は、はい。ではただいま、お会計を」

言いかけたふたりの目の前で、すい、と阿門は手を上げた。そして人差し指で軽く、それぞれの額に触れると、店員たちは不自然なまでの満面の笑みを浮かべて言う。

「そのお召し物は、当店からプレゼントさせていただきます！　どうぞお持ちになってください」

「お客様に着られるために、そのお洋服は存在するのですから」

「お前たちがそう言うのならば、遠慮なく」

阿門は言って、店員たちに背を向けた。そうしてそのますたすたと、店を出ていったのだった。

◇◇◇

──まったくもう、あいつのせいで、踏んだり蹴ったりだよ。

まだ阿門は戻ってきていないが、もちろん待っている義理はない。弥千代はさっさと着替えをすませ、職場を後にした。

いつもであれば、これからどこかで弁当を買っていったん帰宅し、夕方になってから夜の仕事に出かけるというのが生活パターンだ。

朝はオフィスを利用するサラリーマンたちの出社前で、夜は別の建物にある学習塾を、生徒が帰宅した後に掃除することになっていた。

けれど弥千代はふと思い立ち、今日は図書館に併設され、読書ができることを売りにしたカフェで昼食をとることにする。

悪魔について、多少は知識が必要だと考えたからだ。

弥千代がたどり着いたのは、国立大学のキャンパスの近くにある、洒落《しゃれ》た木造りのカフェテラスだった。

大きなガラス張りの窓からは、常緑樹と広場が見渡せて、開放感がある。

カウンターでホットドッグとコーヒーを買うと、一人掛け用のクッションとセットになった、丸い白木のテーブルで手早く昼食をすませた。

それから奥の本棚に立って行き求めることの書いてありそうな書籍を探す。

――妖怪とも違うんだしなあ。やっぱりオカルト・ホラーじゃなくて、宗教のコーナーかな。だけど、そもそもがフィクションなわけだし……ファンタジーってやつ？　違う、それじゃ現実の悪魔への対処とは関係なくなっちゃう。……いやいや、落ち着け俺。悪魔が実在するとは、少なくとも一般的には信じられてないんだから。

散々迷った結果、弥千代は歴史書の並ぶコーナーへと移動し、中世ヨーロッパの魔女狩りに関する本と、同じく中世の黒ミサについて書かれている分厚い単行本を持ち出してきて、テーブルに置いた。

――悪魔、悪魔……あった、ここか。悪魔礼拝についてだから、この項目でいいんだよな。

そこで早速読み始めてみた弥千代だったが、もともと興味のない事柄とあって、どうにもピンとこない。

神秘主義、堕天使《だてんし》及び魔神変容の図、善悪二元論。

馴染みのない単語が目から入りはするが、頭の中に留まらないまま通り過ぎて消えていく。

それでも必死に読み進めていると、近くで友人同士らしき、若い女性ふたりの話し声が聞こえてきた。

「あ。……ねえ、あれ、ちょっと見て」

「ん？　どしたの」

「もしかして春野くんじゃない？」

自分の苗字が呼ばれたことにギクッとした弥千代だったが、聞こえないふりで無表情を装う。

女性たちがなおもこちらを意識している気配を感じつつ、本から顔を上げずにじっと息を潜《ひそ》めている。

「あの人？　ああ、言われてみれば知ってるような」

「ほら、高校二年のとき、あんたもクラス一緒だったでしょ」

「うん、思い出した。なんか女っぽい名前だったよね。弥千代だっけ」

どうやら自分のかつての級友らしいと確信して、弥千代は身を固くする。話しかけて欲しくなかったからだ。

「私、全然わかんなかった。あんたよく気が付いたね」

「髪型とか違うけど、横顔でわかったよ。相変わらずよくできた顔してる」

「っていうか、前より格好よくなってない？」

女性ふたりはひそひそ話のつもりのようだが、周りが静かで地声が高いせいか、弥千代の耳にははっきりと会話が聞こえてくる。

「ねえねえ、声かけてみようか」

ひとりが言って、弥千代は本に視線を落としたまま、全身で近寄るなというオーラを発する。

——来たら駄目！　寄るな触るな近づくな！

それが功《こう》を奏《そう》したのかどうかはわからないが、もうひとりの女性が、やめなよと制止した。

「あいつ、見た目だけは滅茶苦茶いいけど、誰に対しても素っ気なくて、冷たかったじゃん」

「まあね。でも顔はやっぱり、結構好きなタイプだなあ」

「いくら顔がよくても……うわ。ちょっと背表紙見てみなよ、読んでる本。黒ミサと悪魔学だってよ、ヤバイって」

「ホントだ。確かに引く……」

言いながら遠ざかっていく女性ふたりに、弥千代は内心、胸を撫で下ろしていた。

――よ……よかったあ。どうか俺なんかに関わらないで、楽しい人生を過ごしてください。ふたりとも、お幸せに。

嫌味でも皮肉でもなく、弥千代は本心からそう思う。

と、コツコツと、またもこちらに近づいてくる足音がする。

また誰か知人だろうかと顔を上げ、そこで弥千代は不覚にも、ドキーンと激しく胸を高鳴らせてしまった。

「なになに、黒ミサと悪魔学……？　つまらなそうな本を読んでいるな」

話しかけてきたのは、ダークグレイのスーツに身を包み、銀の髪とウサギの耳を、同じくグレイのソフトハットに隠した、阿門だったのだ。

――なんか、ものすごく格好よく見えて……ムカつく。

ハリウッド映画から抜け出たような姿に、ときめいてしまった自分が悔しくて、弥千代は毒づく。

「なっ、なにその格好。マフィアのボス？」

阿門は髪と同じ、銀色の眉根を寄せた。

「マフィア？　人間ごときの悪党と一緒にするな。貴様が私の服装に難癖《なんくせ》をつけるから、わざわざ調達してきたというのに」

「だって他の人間に姿が見える必要があるとき、あの格好じゃ笑われて気の毒だと思って忠告したんだよ。……ところで、今は他の人たちにもあんたの姿は見えてるの？」

ひとりでしゃべっていると思われたら恥ずかしいので確認すると、阿門はうなずく。

「せっかく衣類を揃えたので、人間どもにも見えるようにしている。どうだ、これならいいだろうが。私もこの時代のセンスはよくわからんから、店員に揃えさせたんだが」

ん？　と気が付いて、弥千代は眉を寄せる。

「お金はちゃんと支払ったんだよね？」

「金など持ち歩くか。貴様は悪魔の私に対して、なにを言っているんだ」

やっぱり、と弥千代は店に対して責任を感じ、肩を落とす。

しかし窃盗《せっとう》を働いたと思しき阿門自身は、まったく悪びれたところはなかった。

「考えてもみろ。悪魔がちまちまと財布から紙幣と小銭を出して消費税まで支払い、レシートを受け取ったらおかしいだろうが。それともクレジットカードを利用するとでも？　悪魔を審査に通すようなクレジット会社があったら、鬼も妖怪もさぞ喜ぶだろう。なにせ住所不定無職の連中ばかりだ」

「だ、だけどそんなこと言うなら、悪魔たるものが服ごときを盗むなんて、せこいじゃないか」

「いやこれは店員からのプレゼントだ。頼むから着てくれと贈呈された」

「……なにそれ、催眠術？」

尋ねると、改めて阿門は弥千代の手にしている本を眺めた。

「脳を操るだけだ。容易《たやす》いが、催眠術とはまったく違う。……そんな適当な文献を参考にしているうちは、私のことをきちんと認識できるわけがない」

「適当って。これは一応、オカルト関係の著名な人の書いた本なんだからね。ほら、プロフィールのところに、大学教授って書いてある」

抗議する弥千代に対し、阿門は怜悧《れいり》に美しく整った顔に、嘲笑《ちょうしょう》を浮かべる。

「人間界の権威主義が、悪魔に通用するわけがないだろうが」

弥千代はその美しい微笑に、なんとなくゾクリとするものを感じながら聞き返す。

「だったら、誰の書いた本なら通用するんだよ」

弥千代の問いに、阿門はテーブルに積んだ本を眺め、皮肉そうに唇の端を吊り上げた。

「私が目を通したことのある書物の中で、悪魔についてそこそこ真実に近いことを記していると思えたのは、『ホノリウスの誓いの書』か、『ソロモンの鍵《かぎ》』くらいだな。それも完璧にはほど遠いが」

「ホノ……リウス、っていう人が書いたの？」

うむ、と阿門は重々しくうなずく。

「なんだ弥千代。ホノリウスも知らんのか」

阿門は呆れ果てたというように、上から目線で答える。

「そんな、魔術の本だの書いた人のことだの、知るわけないだろ！」

噛みつく弥千代を意に介さず、阿門は続けた。

「他にも『黒い牝鶏《めんどり》』だの『赤竜《せきりゅう》』だの、世間に出回った悪魔や魔法についての本はいろいろあるが、結局のところ貧しいものたちの心の隙《すき》に付け込むような、単によこしまな人間の手による書物も多い」

そんなことを言われても、と弥千代は手にしていた本を閉じる。

「本物だろうが偽物だろうが、大昔の悪魔についての本なんて、手に入るわけないいんだから仕方ないじゃない」

「手に入ったとしても、貴様に読めるわけがないだろうな。なにしろ日本語では書かれていない」

はっはっはとなにが面白いのか高らかに笑われて、弥千代はがっくりとうなだれる。

——結局、どうやったって調べようがないってことじゃないか。

阿門はそんな弥千代の肩を、馴《な》れ馴《な》れしくポンと叩いた。

「まあ、そんなに気を落とすな。そもそも私のなにを知りたいのだ。率直に尋ねれば、答えてやらんこともない。そのほうが早いだろう」

それも確かに一理ある、と感じた弥千代は、気を取り直して顔を上げた。

「だったら教えて。いくつか聞きたいことがあるんだ」

喜んで、と阿門は言って、近くのテーブル席から椅子を運んでくる。

なんということはない動作なのだが、長身の極端な美形が店内を移動すると、いやでも目立つ。日本人離れというより、人間離れしている容貌なのだから、当然といえば当然だ。

俳優だろうか、モデルではないかというヒソヒソ話が、あちこちから聞こえてきた。

けれど阿門はそんなことにまったく頓着《とんちゃく》せず、弥千代の前に椅子を置き、腰を下ろした。

「さあ弥千代。なんなりと質問するがいい」

小さなテーブルに頬杖をつき、こちらをじっと見つめてくる阿門の瞳は、内面が真っ黒に濁《にご》っているはずなのに、吸い込まれそうに綺麗だ。

この美貌の男に昨晩、いいように嬲られて、痴態《ちたい》を見られたのだ、と今さらながらにどぎまぎしつつ、弥千代はできるだけ平静を装って口を開いた。

「そ、それじゃあ……聞くけど。俺が666人目ってことは、前も契約者と暮らしてたりしたの？」

「もちろん。国も時代も様々だ。盛んに召喚されて疲れた時代もあったが、いつの世も栄《えい》枯盛衰《こせいすい》の面白さは変わらん」

「召喚て、悪魔を呼ぶってこと？」

「そうだ。最近ではめっきり魔法陣を描く人間はいなくなったがな。……近代で最も楽しかったのは禁酒法時代のギャングスターどもとの暮らしだ。貴様もさきほど私の服装をマフィアのようだと指摘したが、確かに当時の風俗は嫌いではなかったな」

「ギャング……カポネとか？」

「そうだ。あいつは俺の友人の契約者だったが、いい働きをしていたぞ」

稀代《きたい》の組織犯罪のボスが悪魔と契約していたと聞き、妙に弥千代は納得してしまった。

「そのころにも、やっぱりあの貴族みたいな格好してたの？」

「あの服は悪魔界における定番だ。仕事から次の仕事へ移る間は、あの格好で過ごす」

確かに悪魔たちが、デニムやフリースを常時着てうろうろしていたら地獄らしくないな、と弥千代は思う。

「……それなら、次の質問。この前、階級がどうとかって言ってたけど。出世するとどうなるの？」

そうだな、と阿門は遠くを見る目になって言う。

「階級たったひとつ分とはいえ、この差は大きい。私の悪魔界での生活は一変する。今も悪くはないが、満足にはほど遠い」

「……悪魔の満足って、どんな生活だか見当がつかないんだけど」

「美しい魔女たちと戯《たわむ》れ、血の滴る豪勢な肉と極上の美酒に永遠に浸れる暮らしだ。かつ、こうして人間界に降り、面倒な仕事をしなくてもよくなる」

聞くうちに弥千代は、げんなりとなってくる。

「やっぱりただの駄目人間だよね、それ」

「ロマンのない言い方をするな！　本当に貴様は身も蓋《ふた》もないというか、人の心のわからんやつだな」

「悪魔に言われたくないよ。とにかくその昇級が叶うまでは、俺のとこにいるっていうこと？」

「そうだ。理解したなら協力しろ」

「今の話を聞いた上では、全然そんな気になれない……」

溜め息をつき、弥千代は椅子から立ち上がる。そうして書棚に戻すべく、本を抱えた。

阿門は胡散臭《うさんくさ》いものでも見るように、それらの本を横目で眺める。

「こんな我々に関して不正確なことしか書いておらんような本、その辺に捨てておけばいい」

「そうはいかないよ、俺のものじゃないんだから。人間の社会にはルールがあるんだ」

「貴様はその人間も社会も、ちっとも好きではなさそうに見えるのだがな」

弥千代が本を書棚に片づける間、阿門はその後ろにくっついてきて腕を組み、じっとこちらを見ていた。

その視線に意味などないと思いつつも、弥千代はどぎまぎしてしまう。

スーツに身を包んだスラリとした長身の、作り物めいて見えるほど整った容貌に、カフェの中にいるすべての人間の目が奪われているのがわかる。

先刻、弥千代について話していたかつての級友たちも、阿門をちらちら見ながら頬を赤くしていた。

本を仕舞《しま》い終えた弥千代は、複雑な気持ちで阿門に言う。

「ね、ねえ。あんただったら、男でも女でも、いくらでも相手から寄ってくるだろ。なんだって俺なんか選んだんだよ」

「言っただろうが。貴様が契約者に相応しいからだ」

阿門は弥千代の肩に、そっと手を置くようにして、出口に向かって歩き始める。弥千代は動揺して、その手から逃れるように身をよじった。

「もう、馴れ馴れしく触るなよな！　誤解だって、そんなの」

「誤解ではないぞ。冷淡で厭世《えんせい》的で、どこからどう見ても現状に不満がありそうな貧しい暮らしぶり。まさに貴様はうってつけだ」

「貧しい暮らしぶりで悪かったな」

「ただ……私が見誤《みあやま》ったことが、ひとつある。それは貴様が想定外に、まったくなにも知らんということだ」

「知らないってなにを。悪いけど中世の法王のことなんて、ここにいる誰も知らないし興味もないと思うよ」

そういうことじゃない、と阿門が言ったとき、元級友たちの座っているテーブルの近くを通った。

と、ひとりが声をかけてくる。

「あのっ。春野くんだよね？　さっきは、読書に集中してるみたいだったから、声をかけなかったんだけど」

よく言うよ、と内緒話がすべて聞こえていた弥千代は思う。

おそらくは阿門の外見に惹《ひ》かれ、昔の知人と知り合いだったのをこれ幸いときっかけにして、声をかけてきたのだろう。

阿門は凍てつく氷のような、薄い灰色の瞳を元級友たちに向けた。

きゃあ、とふたりの目がハートになる。

「弥千代。このふたりと知り合いなのか」

「え？　ああ、まあ、知り合いっていうか昔の同級生」

肯定する弥千代に、元級友は瞳を輝かせた。

「あっ、やっぱり春野くん、覚えててくれたんだ？　ねえねえ、よかったらこっちのテーブルでお茶に付き合わない？　珈琲《コーヒー》飲んでたみたいだけど、ここはフルーツティーが美味《おい》しいよ」

悪いけど、とそっぽを向こうとした弥千代の頬を、阿門がぐいとつかんで自分のほうへと向けさせる。

「ちょっとなにすんの、離してよ」

タコのような唇で言うと、阿門は興味深そうに言う。

「フルーツティーというのはなんだ。ちょっと美味そうではないか」

「フレーバーとかついてる紅茶だろ。俺はあんまり好きじゃない」

「しかし私は好きかもしれん」

「じゃあ飲めばいいじゃない。っていつまで顔を挟んでるんだよ！」

この阿門とのやりとりに、元級友ふたりはびっくりした顔をして、そしてなぜだか顔を赤くして見入っている。

「……なんか春野くん、感じ違わない？」

「うん。人とこんなにしゃべってるとこ初めて見たかも。っていうか、仲良すぎ……」

そんな会話が耳に入ってきて、弥千代は阿門の手を振り払った。

「ほらもう、変に思われるだろ、行くぞ」

ちょっと待て、と阿門は爪の尖った指先をふたりに向けて、とんでもないことを口にした。

「弥千代、貴様ならこのふたりをどうしたい。貴様の好きなように料理してやるぞ。寝たいか。それとも血を見たいか」

「バッ、バカ、何言ってんだあんたは！　ほら、帰るってば」

腕を引っ張るが、阿門は動こうとしない。

「遠慮するな。この場で全裸にむくことも、貴様の下僕《げぼく》にすることも可能だ。やってみてつまらなかったら捨てればいいだろう。まずは興味を持つことが大事だ」

当然のことながら、元級友たちの阿門に向けられていた熱い視線は、幽霊か宇宙人でも見るような目つきに変わっている。

どうしたいもこうしたいも、どうにもしたくない、というのが弥千代の率直な答えだった。

——やっぱり俺は疫病神なんだ。さっきほんのちょっと俺に関わっただけで、たちまち彼女たちに不幸が近づいてくる。

「……一切、まったく、まるっきり関わりたくない。頼むから、お願いだからそうさせてくれ」

弥千代としては彼女たちのためにそう言ったのだが、相手はそうとは受け取らない。

「ちょっと……黙って聞いてればなによそれ」

「いくらなんでも、ひどくない？」

元級友たちは不快感を露にし、弥千代に怒りをぶつけてくる。

阿門の言い草も唐突で理不尽だったが、それ以上に興味がないという弥千代の反応に、プライドが傷つけられたのだろう。

けれど弥千代は、怒りを買おうが嫌われようが、まったく気にもならなかった。

そのまま元級友たちには一瞥《いちべつ》もくれず、急ぎ足でカフェを出ると、阿門もぴったり後ろについてくる。

弥千代は買わなくてもいい怒りを買ってしまったことを恨めしく思いながら、阿門に尋ねた。

「……なんであんな余計なこと言うんだよ」

「なんでと言われてもな。そういうことを言いたくなるような、気に食わん女たちだっただけだ」

「だからなんで気に食わないのさ。会ったばかりだろ」

「……言われてみればなぜだろうな。私にもよくわからん。だが、貴様もそうだろう？」

「別に俺は人間が嫌いなわけじゃないよ。関わるのが嫌いなだけ」

「似たようなものだと思うのだがな」

阿門は言いながら、日が暮れてネオンがきらめき始めた繁華街を眺める。

「とにかく早急に、欲望が満たされた豊かな暮らしがどんなものなのかを、私が教えてやる。欲望のない人間など、いるものか」

自信満々に阿門が言うのを、弥千代は困惑しきった顔で聞いているしかなかった。

「もしもし、春野です。……はい、弥千代は自分ですが。……はあ。え？　亡くなった？　そうなんですか……はい。はい、それで……え？」

この日、夜間の仕事を終えて帰宅した弥千代に、妙な電話がかかってきた。

相手は弥千代が顔を見たこともない父方の祖母だと言い、祖父が半月前に亡くなったのだという。

これまで一度として会ったこともなく、死んだと言われてもなんの感慨《かんがい》も湧かない弥千代に、祖母はセリフを棒読みにするような口調で言った。

『私は老人ホームに参りますので、この屋敷は弥千代くんにあげます。すぐに引っ越してきてちょうだいね』

「……は？　えっと、あの、なに言ってるんですか？」

『遺産ですよ。あなたが全部もらうのです。私はなんにもいりません。親戚もみんな、それでいいと言っています。おじいさんの遺書にも、そう書いてありますから』

どういうことなのか、弥千代にはまったく意味がわからない。

「あの、なにかの間違いじゃないですか。そうでないなら、俺の父親はなんて言ってるんです」

ひたすら混乱して確認するが、電話の主は壊れたロボットのように、同じセリフを繰り返すだけだ。

『もう決まったことなのです。私はなんにもいりません。親戚もみんな、それでいいと言っています』

「いや、そんなバカな。だ、だって俺と会ったこともないのに」

『私はなんにもいりません。親戚もみんな……』

「とにかく！　俺もいりませんから！」

すっかり気味が悪くなり、弥千代はそこで電話を切ってしまった。

——なんだよこの悪戯は。確かに、俺の名前は知ってるみたいだったけど……だからって今さらどうして父方の祖父母が。

しばらく電話を握ったまま、ぼんやりしていた弥千代に、ふいに阿門が言う。

「なにを呆《ほう》けているのだ、弥千代。早速、引っ越しの支度をするぞ」

ぎょっとして弥千代は、ベッドに腰かけてくつろいでいる阿門を見た。

「ちょっと待ってよ、まさかあんたの仕業《しわざ》？　なにしてくれてんだよ！」

「別に私が年寄りを殺したわけではないぞ」

阿門は悠然《ゆうぜん》と、長い足を組み替えながら言う。

「しばらく前にたまたま死んで、相続で親族が揉《も》めているようだったから、すっきりと解決させてやっただけだ」

「解決させたって。い、いつの間に、そんな」

「あんな凡人どもは、小一時間もあれば簡単に言うことをきく」

それは服を調達に行くと言って弥千代の職場を出ていってから、カフェに再び現れるまでの間ということだろうか。

弥千代は愕然《がくぜん》として、阿門の前に突っ立っていた。

「それは……ファッションビルの店員にしたみたいに、また人の心を操《あやつ》ったのか？」

「まあ、そんなようなものだ。遺書の書き換えが、少しばかり面倒だったが」

改めて弥千代は、当たり前のように自分のベッドに腰かけている、美貌の青年をまじまじと見つめた。

――こいつは本当に……厄介な変態とか、危ない異常者とか、そういう次元の存在じゃないんだ。どんなひどいことでも、なんの罪悪感も覚えずに簡単にやってしまう、怪物なんだ……。

表情を強張《こわば》らせる弥千代に、阿門は薄い笑みを浮かべてみせる。

「怖い顔をしてどうした。貴様にとっては幸運な出来事のはずだぞ。……腹でも減ったのか。ならば、そろそろ夕餉《ゆうげ》にしよう」

「違う。そうじゃ……なくて。俺は……」

言いかけた弥千代は、ふいに背後から、料理の匂いが漂《ただよ》ってきたことに気が付いた。

不審に思って振り向くと、小さな卓袱台の上に、溢《あふ》れんばかりの料理の皿が乗って、たった今出来上がったというように湯気を上げている。

「なっ、なんだよこれ！」

「言っただろう、弥千代。貴様はよいものを知ることから始めるべきだと。美食もその一環だ」

阿門はソフトハットを取り、上着を脱ぐと、ベッドから降りて卓袱台の前に胡坐《あぐら》をかく。

「私も空腹だ。一緒に食おう。プラチナプラネットホテルにある、三ツ星レストランのディナーだ。それなりに美味いと思う」

嫌だ、と弥千代は弱々しく首を振る。

「……食べたくない。だってこれも、服と同じで盗んだんだろ？」

「服は贈呈されたと言っただろうが。これは面倒だから、移動させただけだが。お前が食わないなら、食べきれない分は捨てるだけだ」

「それを食べるはずだった、元の持ち主に返せよ！」

「心配するな。私も騒ぎになるような真似はしない。富豪どものパーティ会場から、片隅にあった料理の一部を拝借しただけだ。どうせやつらも食いきれずにゴミになる」

「だけど……」

悪事の片棒をかついでいるような気になり、とても食べる気になれない弥千代を後目《しりめ》に、阿門は指でワインの栓を抜き、瓶から直に飲んだ。

次いでスライスされた小さなフランスパンに、たっぷりとキャビアを乗せ、口に運ぶ。いくら抗議をしたところで悪魔が相手とあっては、見守る以外になにもできないと悟った弥千代はベッドに腰を下ろし、ふう、と溜め息をつく。

「ねえ。本気で俺を、引っ越しさせるつもりなの？」

阿門は指をぺろりと舐め、今度はスモークサーモンとサワークリームを山盛りにして、パンに乗せる。

「ああそうだ。貴様に野望を持ってもらうために、贅沢を味わわせる」

俺、と弥千代は俯いて、唇を噛む。

「……多分、贅沢なんて、興味ない」

「経験してみなくては、わからんだろうが」

阿門は笑って、再びワインを瓶から飲んだ。

そして立ち上がり、弥千代の目の前に立つ。

すると蛍光灯が阿門の真後ろにあるため、その表情は暗くてよくわからなくなった。

「昨晩のこれだって、知らなかったのだろう？」

え？　と上を向いた弥千代の唇が、唇で塞がれる。

ドン、といきなり心臓の鼓動が大きく胸に響き、そのままドン、ドン、と速く大きくなっていく。

「ん、んん！」

ワインの香りが口腔に広がり、うろたえる弥千代の両肩に手をかけられ、ぐいと体重がかけられた。

どさ、と背後に倒れた身体に、阿門が伸し掛かってくる。

「ん……んう、う」

尖った舌が歯列をなぞり、こちらの舌をとらえようと絡みついてきて、弥千代は必死に顔を背けようとした。

けれど阿門の右手がうなじをとらえ、顔の向きを固定される。

左手はしっかりと弥千代の上半身を抱きかかえ、それでほとんど身動きが取れなくなってしまう。

「んうう、んっ！　ん」

きつく舌を吸われる感覚に、頭の芯が熱くなった。

阿門は足の間に身体を入れてきて、弥千代は逃れようと腰を引くがどうにもならない。

——どんなに綺麗な顔してたって。俺は男で、こいつだって男なのに。……なのに、どうしよう俺。なんか、変だ……！

きつく抱きしめられ、執拗に舌を嬲られるうちに、弥千代は自分のものに熱が集まるのを感じてしまっていた。

「っは、あっ……やっ、いや」

どうにか唇から顔を背けると、阿門は両手をシーツについていったん身を離し、弥千代を見下ろしてくる。

「昨晩、無駄だと悟っただろうに、まだ抵抗するのはなぜだ」

「な……なぜって」

「あんなによがって、何度も射精していたではないか」

率直すぎる言葉に、火が点《つ》いたように弥千代の顔は熱くなる。

「そ、それは、あんたが普通じゃないからっ、お、俺は、女が好きだし」

「なぜ嘘をつく。貴様は、女も男も好きではないのだろうが」

「……そうじゃない、俺は……だって……」

まあいい、と阿門は獲物を目の前にした肉食獣の目をして、ぺろりと舌なめずりをした。

「無理やり強引にして欲しいのか、弥千代。それならば、そういうやり方をしてやろう」

え、と弥千代は恐怖を感じて阿門を見上げ、ふるふると首を横に振る。

阿門は優しい声で、そうか、と言った。

「では、優しくしてやる。貴様の身体が望むままに、いくらでも気持ちよくしてやるぞ」

阿門が言った瞬間、弥千代の身体からふわっと力が抜けた。

というより、まったく力が入らない。骨がくたくたになってしまったように、弥千代はぐったりとベッドに横たわっていた。

「あ……や……やだ……」

かすかに動くのはそうつぶやいた唇と、瞼《まぶた》くらいだ。

ただ、熱を持った弥千代自身だけが、恥ずかしいくらいに硬くなってしまっているのがわかる。

「いい子だ、弥千代。貴様はなにも知らない、可愛い黒い子羊だ。私が全部教えてやろう。美酒も美食も、贅沢な暮らしも……この快楽なしで過ごすなど、二度と考えられなくなるほどの淫らな夜も」

言って阿門は先刻の言葉通り、優しく弥千代の身体を扱った。

丁寧に服を脱がせ、一糸まとわぬ姿にさせると、震える身体にそっと尖った爪を滑らせてくる。

「……ッ！」

つうっ、と喉から胸に指先が走り、胸の突起に行きついた。

「っあ、は……っ、う」

「そら、すぐに固くしこってくる。貴様の身体は、もともとひどく快感に弱い」

耳に熱い吐息とともに阿門は囁き、それだけで弥千代は全身に、ざわっとした電流のような刺激を感じる。

「ん、んっ」

胸の突起をきつくつままれ、ジン、と痛みが走って顔をしかめたが、そこを指の腹で優しく擦られると、すぐに甘い痺れが広がっていく。

「だ、駄目……そんな、ああっ」

喘ぐ声は、言葉そのものは抗議でも、自分でも恥ずかしくなるくらいに甘い響きを帯びていた。

「この身体がなにも知らなかったなど、宝の持ち腐れもいいところだ。そら、もうこんなに涎《よだれ》を垂らしている」

弥千代は思わず、目を瞑《つむ》った。自分のものはすっかり反り返り、下腹部にいやらしい水滴が零れているのを自覚していたからだ。

「あ、あ、……っ、それは、やだっ、触ったら、駄目……っ」

つーっと胸から爪の先が下腹部へ滑らされ、弥千代は泣きそうになって懇願する。

「やああっ！　あ、あっ」

「なぜ嫌がる。こんなに硬く、ぬるぬるにしているくせに」

「ああっ、んっ、う」

「聞こえるだろう、弥千代」

根元から先端に扱《しご》く、くちゅくちゅという音が、弥千代の耳に響く。

恥ずかしくてたまらないのに、弛緩《しかん》した弥千代の身体は足を開かされ、顔を手で隠すことすらできない。

「やめて……や、やめ……」

あまりの羞恥と快感に、ひくっ、と弥千代の喉が鳴った。

目に涙が浮かぶが、阿門は愛撫をやめようとしない。

「いいんだ、弥千代。なにも恥ずかしいことなどない。安心して、私に身をゆだねろ」

「は、ああ……っ！」

びくびくっと大きく弥千代の腰が跳ねたそのとき。ぬうっ、と長い指が背後に挿入されてきて、弥千代の背が反り返る。

「っあ——！」

達している最中に、阿門の指が体内に潜《もぐ》り、その内壁を強く抉《えぐ》った。

「ひっ！　い、あっ、ああ」

指の腹で、ぐいと前立腺を刺激されるたびに、弥千代のものから勢いよく白いものが弾けてしまう。

「いやっ、ああんっ！　あう」

泣きながら弥千代は身もだえたが、やはり身体に力は一向に入らない。

「気持ちいいのだろう、弥千代。私の指を、お前の中が締めつけてくる」

「やっ、ちが……っ、やめてえ」

いくらそう言っても、身体が完全に阿門の指先に支配されていることが、弥千代にもよくわかっていた。

こんな快感は、今まで知らない。全身がとろけて、どうにかなってしまいそうだ。

薄く開いた涙でかすんだ目に、薄い笑いを浮かべた比類のない整った阿門の顔が映る。

銀の髪の間に、しゅっと伸びた白い耳が、今は愛らしいというより異形の者の象徴のように思えた。

その瞳は赤く潤み、容赦なく弥千代の痴態を見つめている。

「う、あっ、ああっ」

恥ずかしくておかしくなってしまいそうなのに、まるで誘うように弥千代の足が大きく開かれる。

「どうした。もっと欲しいのか」

「違うっ、お、俺じゃな……ああっ」

自分の意志とは別に、弥千代の身体は勝手に淫らな体位を自ら取ってしまうのだ。

おそらく阿門の奇妙な力によってなのだろうが、快感で朦朧となっている弥千代には、事態が把握できていない。

「あっ、んん……っ、ちがっ、違う」

まるで操られるように、弥千代は自分の胸の突起を、自分で弄《まさぐ》り始めていた。阿門が喉を鳴らして笑い、体内の指を二本に増やす。

「やっ、やあ……っ！　あっ、あっ」

まるで何度達することができるのか、実験されてでもいるかのように、阿門の愛撫は一向に止まない。

内壁の、最も感じるところを探り当てられたとき、弥千代の頭の中が白く光った。

「ひ……いっ！」

快楽と興奮に、ガクンガクンと全身が震え始める。

胸の突起は強制的に自分でいじらされ続けて、少し触れるだけでもびくびくと感じてしまう。

「もう、いや。もう、……あああ！」

泣きながら、嬌声を上げる弥千代の中に、阿門は三本目の指を潜り込ませてきた。

「駄目っ、駄目、お、おかしくなっちゃ……ああっ」

そうして何度目かに達したとき、弥千代は、どこか遠くで雷が鳴っているのを聞きながら、いつしか意識を失ってしまった。

第四章

夜中、弥千代が目を覚ましたとき、外は激しい雷雨が降っていた。

自分は全裸の状態で、毛布をかけられて眠っていたらしい。

阿門はどこへ行ったのか、室内にはいなかった。

弥千代は上半身を起こし、ぼんやりと窓からの外灯の明かりしかない暗い部屋を見回し、それから自分の下腹部を見た。

改めて契約のサインを見ないと、つい阿門のことを夢だと思ってしまいそうになるからだ。

――夢だったらよかったのに。……俺はとうとう会ったこともない祖母たちまで、不幸にしちゃったんだ……。

うなだれつつ、視線を動かすと、卓袱台の上に乗っていたはずの料理は、すでに皿ごと消えていた。

食い散らかした挙句《あげく》、空の皿だけ元の場所に戻したのかもしれない。

――ひどいやつだ。俺のテリトリーに文字通り土足で踏み込んできて。そっとしておいて欲しいのに、無理やり、キ、キスとかして、抱きしめて……俺を出世に利用するために。

重苦しい気持ちで弥千代はそう考えながら、ふらつく足でベッドを降りた。

全身がだるく、なにかにつかまらないと立っているのも辛い。

それから力ない手で適当に服を着ると、うなだれたまま鍵も閉めずに家を出る。

どこか阿門の手の届かない、遠くに逃げたかった。

けれど多分、それは無理なのだろうと気持ちのどこかでわかっている。

仕事が終わったときも、なにも言わなかったのにカフェに来たし、そもそも祖父の家など弥千代ですら住所も知らなかったのだ。

――悪魔の住処《すみか》からだと、人間の世界のことがみんな見えたりするのかな。だとしたら、どうやったってあいつの手の中だ。

それでも弥千代は外に出て、ふらふらと雨の中を歩き出した。

カッ、と周囲が発光し、数歩歩いたところでピシャーン！　ドドドドと激しい落雷の音が鳴り響く。

傘を持っていない弥千代はあっという間に濡れネズミになったが、まったく気にならなかった。

むしろ叩きつけるような雨が心地いい。もっと激しく降りつけて、自分など壊れてしまえばいいと思った。

――俺、前世で、よっぽど悪いことでもしたのかなあ。ただ、誰にも迷惑をかけないで、そっと生きていたいと思うだけなのに、それができない。なんで疫病神になっちゃうんだろう。

弥千代は土砂降りの雨の中を、行く当てもなく歩いていたが、その先に小さな児童公園があることに気が付いて、中へと入っていった。

ブランコは大きく風に揺れ、滑り台の上を飛沫が跳ねる。夜空には派手に稲光が走り抜け、爆撃でもされているかのような轟音《ごうおん》が耳をつんざいた。

自暴自棄《じぼうじき》になっていた弥千代は、非日常的なその光景をぼうっと突っ立って眺めていたのだが。

「なにをしている」

真横でふいに声がして、わっと叫んで飛び退った。

「いっ……いつの間に、そこに」

「せっかく次の屋敷を、私が暮らすに相応しいよう模様替えをすませてきたのに。貴様が肺炎にでもなって、コロッと死なれたら台無しではないか」

弥千代と同様にずぶ濡れの阿門は、豪雨の中で怪しい笑みを浮かべてみせる。

さあこちらへ、と白い手が差し伸べられた、瞬間。

「――っ！」

弥千代は阿門に背を向けて、走り出していた。

逃げきれるわけがないのはわかっている。けれどこの理不尽な運命に対して、少しでも抗《あらが》いたかった。

「おい、弥千代！　なぜ逃げる！」

「あんたがっ、追いかけてくるからっ」

公園の芝生も砂利道も、深い水たまりだらけで走りにくい。

しまいに弥千代はぬかるみに踵《かかと》を滑らせ、あっと叫んで転んでしまった。

「う……痛っ……」

泥まみれになって上体を起こし、見回してみたが阿門がいない。

あきらめてくれたのかと思ったそのとき、膝の上にピョンと小さなウサギが乗った。

どうやら阿門はまた、ウサギの姿になってしまったらしい。

可愛い！　とたちまち弥千代はときめいてしまったが、必死に顔には出さずに言う。

「な、なんだよ。今転んで足が痛いし、重い」

口調は怒っているが、思わず両手はなるべく雨に濡れないよう、ウサギを包み込むように動いてしまっていた。

阿門は小さな鼻をこちらに向け、ひくひくさせる。

「私は濡れるのが嫌いなのだ。寒かったり疲れたり気力がなくなると、この姿のほうが楽になる」

そうなのか、と弥千代は上から落ちてきた工具が、阿門の頭に直撃したときのことを思い出す。

「濡れたくないと言っているだろうが。貴様のシャツの中に入れて、私を抱っこしろ」

ガリガリとシャツを掘るようにして引っ張り出すと、阿門は弥千代の服の内側に入ってしまう。

——中身は阿門だと思うのに、見た目はウサギだから可愛がりたい。でも見た目はウサギなのに、中身が阿門だと思うとドキドキしてくる。……なんなんだよ、これ。

胸の動悸《どうき》に気が付かれませんように、と祈りつつ、弥千代はひとまずコンクリート製のタコの形をした、大きな滑り台の下へ入った。

「……少し雷の光と音の感覚が開いてきたから。雨が小やみになるまで雨宿りしよう」

「まあいいが。なんだって貴様はこんな雨の中、目的も傘もなく歩いていたんだ」

開いたシャツのボタンの上から、首だけちょこんと出していた阿門は、ハッとしたように赤い目を弥千代に向ける。

「貴様、やはりマゾなのか！」

「ちっ、違う！　そうじゃない、俺はあんたが滅茶苦茶なことをするから！　だからまた俺のせいで、人が不幸になったと思って……」

「不幸だと？」

ぴょこ、と片方の耳を横にして不思議そうにする阿門は、中身が悪魔なのだと知っていてさえ逆らいがたい可愛らしさがあり、弥千代はつい、自分の生い立ちを話して聞かせてしまった。

思い出したくもない過去だったが、柔らかく温かな阿門を抱いていると、不思議と気持ちが癒されていく。

ぽつりぽつりと話す弥千代を急《せ》かすこともせず、阿門は時折耳を動かして聞いている。

そうして弥千代が話し終えるころには、雷鳴はかなり遠ざかっていた。

「なるほど。よくわかったぞ、弥千代」

こちら向きに抱かれていたウサギの阿門は、赤い目をきらりと光らせる。

「では貴様をないがしろにした母親やその男、一族郎党すべてに復讐をしようではないか！」

えっ、と弥千代は仰天《ぎょうてん》する。

「駄目だよ！　そんなこと全然望んでないから！」

「またそれだ。あれも望まないこれも欲しくない、我儘もたいがいにしろ」

抱っこされたまま、苛立ったように阿門は後ろ脚で、ゲシゲシと弥千代を蹴った。

「いたっ、痛いな。だから俺は、俺が不幸にした人たちが幸せになるのが望みなんだってば」

「それでは私の仕事にならないではないか！　貴様は私を幸せにしろ！」

「我儘なのはそっちだろ！」

弥千代は抗議するが、腕の中にすっぽり収まるもふもふのウサギには、どうしても本気で怒れない。

睨んだところで、ピンク色の小さな鼻がひくひくしているのを見ていると、真剣に怒るのがバカバカしくなってきてしまうのだ。

――ずるいよ、こんな見た目になるなんて。

まったくもう、と弥千代は不貞腐《ふてくさ》れつつ、ウサギの阿門に言う。

「あんたは……簡単に人を不幸にして、怖くないの？　やっぱり悪魔には罪悪感なんてないから問題ないのかな」

「私は契約者の望みを叶えてやっているだけだぞ。その望みが、あまり純粋ではないというだけで」

「よく言うよ。人のためになる望みだったら断るくせに」

「それは当然だ。仕事にならんではないか。……しかし、分不相応な野望の果てに破滅するのは、別に私の責任ではない」

阿門は心外そうな口調で説明する。

「自己顕示欲に駆られ、優越感を誇示した挙句に嫉妬《しっと》で殺された人間も、暴飲暴食と麻薬の快楽の果てに身体を壊した人間も、私が暴走をけしかけたわけではないからな。私がしたのは、きっかけとなるドアを開いたことだけだ」

「だ、だけど、あんたがなにもしなかったら、その人たちは今もなにごともなく、平穏に暮らしてたんじゃない？」

「そうかもしれん。だが、それは結果論だ。私は服を贈らせた店員のように、利用するだけの人間は脳を適当に操るが、契約者は違う。各々《おのおの》、己の意志によって動いている。空っぽの魂を連れ帰っても、昇級ポイントとして加算されないシステムなのでな」

急に俗《ぞく》っぽいたとえの説明になったな、と弥千代は眉を顰める。

「つまり、破滅したのは自己責任って言いたいの？」

「そうだ。契約者が望むままに莫大《ばくだい》な力を手にしていくのは私のせいだ。これは間違いない。だが増長し、調子に乗り、転落するのは私のせいではない。わかるか？」

「とかいって、転落してくれないと困るんでしょ？」

「別にしなければしないで、私はのんびりと人間界で遊ぶだけだ。だから弥千代、心配しないで私に野望を託せばいい」

よく言うよ、と弥千代は内心、溜め息をつく。

「上手いこと言っても、俺は引っかからないんだからね。それに本当に、野望ってほどの願いなんかないし」

「引っかけではなく、私は事実を言っている。それに弥千代」

阿門はずいと身を乗り出し、弥千代の顔すれすれに鼻先を突き出してくる。

「話を聞いて思ったが、お前の両親や叔母の不幸も、別にお前のせいではないと思うぞ」

「……え？」

「強いて言えば、不運な偶然だろう。他人の運命をねじ曲げるようなことは、呪術でも使わなければ人間にはできん」

言われて弥千代はもうずっと長いこと、どんよりと重く鉛色《なまり》の雲が垂れ込めていた心の中に、薄く日が差し込んだように感じた。

「そ……そうなのかな……？」

「いったい貴様がなにをしたというのだ。奔放《ほんぽう》な親の勝手に翻弄《ほんろう》されていただけではないか」

「だけど、迷惑をかけたり……」

「無力な子供が生きていくためには、誰かが世話をせねばならん。それは迷惑をかけることとは別のものだ。養育を親が放棄したことがそもそもの発端《ほったん》だろうが。なぜ被害者の貴様が罪悪感を覚えるのだ」

聞くうちに、いよいよ弥千代の胸のうちは明るくなってくる。

——俺は、本当に……人を不幸に陥《おとしい》れていたわけじゃないって、思っていいのかな。俺のせいで可哀想《かわいそう》なことになった人がいるって、思わなくていいのかな。

そんな弥千代の葛藤《かっとう》を知るわけもなく、淡々と阿門は続けた。

「第一、人間を不幸にするなどという超自然の力があるとしたら、それは魔族の専売特許だからな」

ふわふわの白い胸を張り、阿門は言う。

「だから貴様は安心して、他人の幸せなど願わずに、私の出世のために野望を叶えろ」

本音を隠さない言い草に、弥千代は苦笑してしまう。

「せっかく、いい話だと思ったのに！　うっかり癒されそうになっちゃっただろ」

「なんのことだ。私は事実しか話していないと言ってるだろう。……ところで弥千代、雨が止んだ」

指摘され外を見た弥千代は、本当だ、とつぶやいた。

いつの間にか雷雲は彼方に消え、空には大きな月が出ている。

「貴様は早く帰って風呂に入れ。ずぶ濡れで冷えきっているではないか」

うなずいた弥千代は立ち上がり、阿門を地面に下ろそうとしたのだが、前足がしっかりとしがみついて離さない。

「なんだよ、降りないの？」

「貴様が風邪を引いたりすると、私の仕事に差し支えがあるからな。暖を取るために、抱っこすることを許可してやる」

「自分が歩くのが面倒なくせに」

突っ込む弥千代だったが、素直に阿門を抱いて歩き出す。

柔らかなふわふわのぬくもりを、弥千代も今、腕の中から手放したくないと思ってしまったからだ。

青い月の光がさえざえと満ちるシンと静かな空の下、弥千代の心は不思議なほどに明るく、安らいでいた。


――ウサギの姿でいられると、うっかり一緒にいるのも悪くないと思いそうになっちゃってた。だけど、駄目だ。やっぱりこれは……！

雷雨の夜から三日後。

休日前の仕事終わりに、弥千代は阿門に引っ張られ、新居だという高級住宅街にある一軒家へと連れてこられていた。

「言っておくが、前のアパートはすでに電気もガスも止まっているからな。契約も解除してある」

「でも無理……ここは無理、俺こんなとこに住めない……」

弥千代が呆然とつぶやいたのは、そこが想定外に豪華な屋敷だったからだ。

造りこそ古いが、柱も鴨居《かもい》もどっしりと重厚で、いかにも高価そうな革張りの応接セットや、アンティークな雰囲気の調度品がよく似合う。

大きな窓の外には広い芝生の庭と、池が見えた。

阿門は例のマフィアのようなスーツ姿で、さっさとソファに腰を下ろしてくつろいでいる。

帽子を脱ぎ、長い足を組み替えて、不思議そうに弥千代を見た。

「なにが無理なんだ？　前の部屋よりよほど住みやすそうだと思うんだが」

「だ、だって、まさかこんな大きな家だったなんて。困るよ、俺」

「相続税なら心配するな。裏庭か駐車場辺りを、適当に物納すればいいのだろう？　手続きは俺がしておいてやる」

「そういうことじゃなくて……」

弥千代はドキドキする胸を押さえ、家の中をぐるりと見回す。

居間の照明は年代物らしき小型のシャンデリアだし、壁にかかった油絵も、立派な額縁だけでも高価そうだ。

古めかしいサイドボードの中には、祖父の趣味ででもあったのか、美しい色ガラスの切《き》子《こ》のタンブラーが並んでいる。

——俺のお父さんの実家って、こんなにお金持ちだったのか？　聞いたこともなかった。

そんな弥千代の胸中を読んだかのように、阿門は口を開く。

「貴様の父方は、代々続く名家の血筋らしいな。父親はひとりっ子で、相当に我儘に育ったんだろう。残念ながら貴様の母親は、遊ばれて捨てられたようだが」

「……父が今どうしてるか、阿門は知ってるの？」

思わず聞くと、阿門はほんの少し目を見開いた。

「初めて私の名前を呼んだな」

えっ、と弥千代が慌てて口元を押さえると、阿門は上機嫌で言う。

「貴様の父親の消息くらい、もちろん知っている。別の良家の息女と結婚して離婚して、再婚したもののすぐにまた離婚をし、今は新たに別の女と同居しているようだが。そこは親の持っているビルのフロアで、テナント料で暮らしているようだ」

「そ、そうだったんだ……。あ、別に会いたくもないし、関わりたくないからね」

急いで弥千代はそう言った。うっかり阿門が父親まで巻き込んだら、ろくなことにならないに違いないと思ったからだ。

それに、母親のことを考えると、やはり複雑だった。ろくに構ってもらえず、自分は随分《ずいぶん》と悲しい思いをしたが、母もやはり可哀想だったのだと改めて感じる。

表情を曇らせた弥千代を見て、阿門はニヤリと笑う。

「どうだ。貴様を捨てた父親たちに、復讐する気になったか？」

「ならないってば！　知らない人たちのことなんか、興味ないよ。そんなことより……阿門はずっとここに住むつもり？　その……俺と一緒に」

当然だ、とうなずく阿門に、弥千代は複雑な思いを抱えていた。

決して嫌なばかりではない自分の気持ちに、とまどっていたからだ。

——もちろん、俺に野望なんかないってことがはっきりして、阿門が契約を破棄してくれたら、ここは祖母に返す。だからそれまで、せめて綺麗に使おう。

あまり寝室や書斎を引っ掻《か》き回すのは申し訳なく、弥千代はなるべくそれらの部屋がある二階には行かないことにした。

居間の隣にある、客間の一角に布団を敷き、せっせと少ない自分の荷物をそこに集める。

様子を見に来た阿門が、呆れたように言う。

「なんだそれは、ネズミの巣か。せっかく寝室に天蓋《てんがい》付きの、絹のシーツのベッドを用意したというのに」

「だってお年寄りを追い出したなんて、気が咎《とが》めて仕方ないし。堂々とそんなとこで寝れないよ」

「お年寄りと言っても、貴様の父親にあんな低学歴の女はとっとと捨てろ、と母親と別れるように命じたのは、その婆さんだぞ」

思いがけないことを告げられ、弥千代は丸く目を見開いた。

「え……嘘だ、そんな」

「信じたくないならそれでもいいが、事実は事実として伝えるまでだ」

「なんで……」

弥千代は目に涙が滲むのを、悔しく思いながら言う。

「なんでそんなこと、教えるんだよ。俺は誰のことも、恨みたくないのに。復讐なんか、したくないのに！」

「なぜ私に怒る。怒る相手は、貴様に理不尽な真似をした父方の一族だろうが」

「それはだって、あんたが、余計なことばかりするか……ら……」

憤《いきどお》りを阿門にぶつけていた弥千代だったが、急激にその怒りはしぼんでしまった。

目の前で、唐突に阿門はウサギの姿になってしまったのだ。

「ちょっ……なんでいきなりウサギになってるんだよ、卑怯《ひきょう》だぞ！」

そうなると厳しかった弥千代の表情は、たちまち緩んでしまう。

しゃがみ込み、目の高さを合わせて言うと、ウサギの阿門はとぼけたように首を傾げた。

「そろそろ夕餉《ゆうげ》の時間だというのに、いつまでも貴様が文句を並べているから、疲れてしまったのだ」

タンタンタン！　と足を踏み鳴らされて、弥千代は思わず苦笑する。

「嘘ばっかり。そんなので誤魔化《ごまか》されないんだからな！」

そう言いつつ、つい両手で阿門を抱き上げてしまった。そしてもしかして、これは阿門なりに自分を慰めているのかもしれないと思う。

――いや、まさか悪魔がそんなふうに優しくなんて、してくれないよな？　……でも。

「ああもう、可愛すぎてムカつく！　ほわほわしやがって！」

胸に抱いて頭を撫でると、長い耳がパタパタと動いた。

「耳元で大声を出すな」

「ねえ。じゃあもう、怒らないから……今夜は、その。……ウサギのままでいてくれる？」

「うん？　なぜだ」

「ウサギのあんたと一緒になら、眠れるかもしれない。と思って」

ぷしゅう、と鼻息をつき、仕方ないなと阿門は言う。

「では、今晩だけだぞ。これ以上ごねられると、面倒だからな」

こうしてこの夜、初めて訪れた祖父母の大きな豪邸の片隅で、弥千代は悪魔のウサギを抱き、不思議な安心感に包まれて眠ったのだったが。

「ん……っ、や……あ」

鼻から抜ける自分の声で、弥千代はふと目を覚ました。

薄く開いた目には、ぼんやりと見慣れない天井が映る。

縁側のほうの窓は雨戸が閉まっているが、そうではない小窓の障子《しょうじ》が薄明るいことから、明け方ではないかと思われた。

「あっ……な、に」

弥千代の意識がまどろみから覚醒《かくせい》へと移っていくにつれ、自分の身体になにかが密着していることに気が付く。そうして。

「わっ！　ちょっ、なにして……やっ」

一糸まとわぬ姿にされた弥千代は、人の姿に戻った阿門に絡みつかれていた。

いつからなにをどうされていたのかはわからないが、阿門のほうは前をはだけたシャツを身に着けている。

これまでにも淫らな行為はされていたが、こんなふうに肌と肌が触れ合うのは初めてだ。

「ウッ……ウサギの姿で、いるって、言ったじゃないっ」

「だから、ウサギは発情しやすいと言ったではないか。この時間までよく我慢したと、私は自分を誉めたいくらいだ」

「これくらいで昝めるなんて、甘やかしすぎ……っあ、駄目え」

胸の突起をねっとりと舌にとらえられ、弥千代の背が反り返る。

「やっ！　ああっ、あっ」

逃れたいのに胸を突き出すような体勢になってしまい、弥千代は阿門の広い両肩に、必死に両手を突っ張った。

「んう……っ、あっ！　あ」

固くしこった突起を舌で転がされ、口腔に含まれて、きつく吸われる。そうするとさらにカチカチにしこった突起は、神経がむき出しになったように敏感になってしまう。

「いっ、んん、や……っ、ああ」

濡れた熱い、柔らかな舌先がそっと撫でていくだけで、びくっ、びくっ、と弥千代の身体は震えてしまう。

そうしながら阿門の右手が、弥千代の完全に勃《た》ち上がってしまったものに触れてくる。

「駄目……っ、あ、ああ……っ」

吐き出す弥千代の吐息は、熱い。

――身体がおかしい。触られるだけで、どうにかなっちゃいそう。痺れて、気持ちよくて、それなのに、苦しい。

「あっ、あっ、やあっ！」

涙を溢れさせる先端を、阿門の指の腹が撫で、強く胸の突起を吸われた瞬間。

大きく弥千代の腰が跳ね、下腹部に熱い液が滴り落ちる。そしてその衝撃の余韻に、まだ身体が浸っていたそのとき。

「っひ！　ぅあ、ああ！」

ぬるついた阿門の指が、弥千代の中に入ってくる。

「いい子にしていろ、弥千代。あまり動くと、爪で傷つける」

「や……いや、あっ」

傷つける、と言われて恐怖に弥千代の身体がすくむ。

だというのに、弥千代の内壁は浅ましく、阿門の指を呑み込もうとするかのように、ひくひくと蠢くのが自分でもわかった。

「……弥千代。言っておくが、私はこれでも、かなり我慢強く耐えてきたつもりだ」

囁かれて、え？　と阿門の目を見ると、その目は赤く濡れたように光っている。

「契約と同時に、問答無用で犯すこともあるのだが。貴様には、快楽のみを教えたかったからな。……だが、もういいだろう。私としても、忍耐の限界だ」

言われていることがよくわからず、不安に震える弥千代から、阿門の長い指がゆっくりと引き抜かれていく。

その異様な感覚に、思わず目を閉じた弥千代の両足が、大きく割り開かれ、抱え上げられた。そして。

「――っ、あ」

指に代わり、ぐっと押しつけられたものの大きさと熱さ、そして硬さに弥千代は目を見開いた。

阿門はゆっくりと上体を倒すようにして、こちらに覆いかぶさってくる。

「う、嘘……っ、あ……ああ！」

なにをされるか弥千代がはっきりと悟り、無意識に逃げようとずり上がった身体に、阿門は腰を進めてきた。

「――っ！　は、あっ！」

「大丈夫だ、そんなに怖がるな。……力を抜け、弥千代。息を吐いてみろ。……そうだ、ゆっくり……」

「あ、あうっ……、ひ……っ」

ずず、と張り詰めたものが体内に潜り込んでくる。

「無、理……怖いっ、も、入ら、ない……！」

いやいやと首を振る弥千代を、包み込むようにして大きな身体が抱きしめてくる。

「もう少しだ、弥千代。そら……もう、全部入る」

「っあ、あああ！」

生まれて初めて身体を男に深々と貫かれ、興奮と驚愕にガクガクと震える弥千代の唇に、阿門は優しく口づけてきた。

ちゅ、ちゅ、と角度を変えて何度も唇が重ねられるうちに、ようやく弥千代の震えは止まる。

「苦、し……さ、裂け、ちゃう……」

なんとか振り絞ったかすかな声で訴えると、阿門は優しく否定する。

「大丈夫だ。私はそんなヘタクソなセックスはしない」

「で、でも……っ」

無意識に、なにかに助けを求めるように伸ばした手の先に、柔らかでひんやりした、ウサギの耳が触れた。

大きなウサギと自分がひとつになってしまっているような、それは不思議な感覚だった。

「確かにきついが、貴様のほうから締めつけてくる。痛くはないだろう？」

頭がのぼせたように熱く、酸素を吸うだけのことにも必死で、今にも頭と身体がどうにかなってしまいそうだが、確かにじっとしていると痛くはない。

素直にこっくりと弥千代はうなずき、そしてすぐに後悔した。

「やっ、ああっ！」

思いきり阿門が、腰を大きく動かしてきたのだ。

その瞬間、激しい快感が下腹部から脳天を、電流のように貫いていく。しなって反り返った身体を、阿門は逃すまいとしっかりと抱きしめてくる。一番感じるところを容赦なく突き上げられ、弥千代は悲鳴に近い声を上げ続けた。

「駄目ぇ……っ！　ひっ、ああ！　いやあ！」

激しすぎる快感にわけがわからなくなり、弥千代は必死に阿門の広い背に手を回し、すがりつく。

極端に逞《たくま》しくはないが、細身の体にバランスよく筋肉のついた滑らかな悪魔の身体は、ひどく淫らに見える。

思わず、綺麗だ、と思ってしまった瞬間、ドクンと弥千代の体内がこれまでにもまして熱く疼《うず》いた。

「あ……っ？　あう！　ああっ」

阿門が深く体内を抉るたびに、一度弾けたはずの弥千代のものから、新しい雫《しずく》が溢れた。

「はっ……はあっ、待っ……」

達している最中にも、阿門は容赦してくれない。

感じたところを余すことなく責め立てられ、弥千代は泣き出す寸前だった。

——俺、男なのに。こんなの、おかしいのに。でも、気持ちいい。溶けちゃう。

それに弥千代は、こんなにも他人と素肌を密着させたことも、かつてなかった。

口づけるたびに、どちらのものかもわからない唾液が唇の端から零れ、互いの汗が混じり合う。

熱い吐息までもがひとつになり、きつく抱きしめ合ううちに、心臓の鼓動までもが重なるように感じる。

「も、やめ……っあああ！」

再び弥千代が達したそのとき、阿門も大きく身を震わせる。

弥千代には朦朧とした意識の中で、きつく締めつけた硬いものから、体内に熱が注ぎ込まれるのがわかった。


「おい。この地獄はなんだ？」

この日も、阿門は人からは見えないウサギの姿となり、弥千代の出勤に同行している。

弥千代としては、嫌な出勤時間に大好きなウサギと触れ合っていられるというのは、思いがけないラッキーだった。

それに身体を重ねた関係というのは、たとえ相手が悪魔であっても特別なことのようで、なんだか触れていると安心してしまうのは否めない。

凄絶なラッシュの車内も、阿門が肩にいれば耐えられるように、弥千代には感じられていた。だが、阿門のほうはそうではないらしい。

肩の上で、ぶうぶうと文句を言い出した。

「どいつもこいつも、陰鬱《いんうつ》な顔をして。こうまで苦悶《くもん》の意識を感じる場所は、本当の地獄にもなかなかないぞ」

そんなことを言われても、弥千代には返事のしようがない。

阿門の言うように、引っ越した屋敷から弥千代の勤務地は以前と違って通勤ラッシュの激しい路線で、ホームに到着した電車のドアが内側からの圧力で開かないという、ひどい有様《ありさま》だった。

けれど他の人間には見えないウサギと会話をするわけにはいかないため、弥千代は仕方ないだろうと、肩の上のウサギに目で訴《うった》えかける。

例によってウサギの阿門は、通常のウサギよりも大きな赤い目をくりくりとさせ、ピンク色の小さな鼻をひくつかせてこちらを見ていた。

——あああ。やっぱり可愛い。

車内の混雑で険しくなっていた弥千代の顔は緩み、口元にはじわりと微笑が浮かんでしまう。

そしてさりげなく肩をかくようなそぶりをしながら、ウサギの丸い背をそっと撫でた。

先週の夜、初めて阿門に身体を貫かれ、その翌日は微熱が出て一日中寝ていたのだが、今日はもうほぼ体調が元に戻っている。

慎重に扱ったのだから当然だ、などと阿門は偉そうに言っていたが、確かにひどい痛みなどは残らなかった。

——別に、ちゃんと好きな相手としたわけでもないし、そもそも俺は女の子が好きなんだし。だけど……。

弥千代は自分でもこれまで気が付いていなかったが、スキンシップに激しく飢《う》えていた。抱きしめられ、優しく愛撫されることに歓喜している気持ちが、心の奥底に確かにある。

——俺は、阿門は偶然だって言ったけど、やっぱり誰かと近づきすぎるのは怖い。たとえ偶然でもその人になにかあったら、俺は自分のせいだと感じると思う。……でも阿門なら、傍にいても死なないんだ。悪魔だし。不幸にしちゃうとか考えなくていいから、安心して一緒にいられる。

肩の上のぬくもりが、つい大事なもののように思えてしまい、混雑して押されるとつい庇《かば》うようにしてしまう。

肩の阿門にうっとりしていた弥千代は、ふいに自分の腰に人の手が触れるのを感じて、びくっとした。

これだけ満員なのだから、触れる程度のことはおかしくないのはわかっている。

けれどその指先は、明らかに意志を持って動いているように感じられたのだ。

ぞわっと背中に悪寒が走り、弥千代は気持ちの悪さに顔をしかめる。

阿門の悪戯かと思ってジロリと横目で見ても、赤い目はきょとんとしていた。

——阿門じゃない。じゃあ、こ、これって。まさか。

すす、と指はさらに動き、ゆっくりと弥千代の尻を撫でてから、足の間に降りていく。

痴漢だ。と弥千代が確信したその途端《とたん》。

「ぎゃっ、わあああああ！」

突然、頭の後ろで悲鳴が上がった。

なんだなんだと、ぎっしり詰まった乗客たちがざわめく中を、人をかきわけるようにして男がドアに向かっていく。

「い、痛い、痛い」

電車が次のホームに停車すると、男は転がるようにして降り、助けてくれ！　と叫んで走っていってしまった。

男が悲鳴を上げたと同時に、弥千代の下半身を撫でまわしていた手の感触が消えたことから、どうやらあの男が痴漢だったらしい。

もしかして、と阿門を見ると、小さな愛らしい口が開いた。

「人の契約者に不埒《ふらち》な行いをする輩《やから》のようだったから、軽く報いを与えておいた」

なにをしたの？　と弥千代がきつく眉を寄せると、阿門は耳をぴょこぴょこと動かす。

「ほんの少し、優しく指の骨を砕いてやっただけだ」

少しにも優しいにも意味がないではないか、と弥千代は思ったが、今回に関しては阿門を責める気になれない。

——痴漢から助けてくれたんだ。

そう思うと、むしろありがとうと、小さな鼻に自分の鼻を押しつけたくなってしまう。

だが待てよ、と弥千代は首を傾げる。

——……俺、なに考えてるんだろう。このごろ、変だ。今の男に触られたときは、吐きそうなほど気持ちが悪かった。なのに阿門にそうならないのは、やっぱり……ウサギに変身されるせいなのかな……。

弥千代は複雑な思いで、さらに混んできた車内の様子に文句を言う阿門を眺めていた。

第五章

――なんというか。よくわからん状況になってきたな。

弥千代と一緒に通勤電車に揺られ、仕事を見守ってから帰宅して、豪邸の隅っこでちんまりと生活する日々が一か月ほど続いた、この日の夜。

阿門は豪邸の一角の、妙に落ち着いた空間で、心地よいまったりとした時間を過ごしつつ焦りを感じていた。

阿門と弥千代が今くつろいでいる、独特のぬくもりを醸《かも》し出す物体は、コタツというものらしい。

本当ならば、広いダイニングキッチンもあるし、いくらでも豪華な料理を乗せられる大きなテーブルもあるのだが、弥千代は客間の押入れにこのコタツなるものを発見し、それを引っ張り出して利用していた。

たいした大きさもない折りたたみ式のそれは、中を暖かくして布団をかけて使用する、日本古来の家電なのだという。

なんとも垢抜《あか》けない見た目だと思ったのだが、使ってみると意外とこれがあなどれない。

そんなわけで悪魔とひとりは最近、この豪邸の片隅に鎮座《ちんざ》したコタツ周辺が主な生活空間となっており、今夜の夕飯はここに弥千代が支度を整えていた。

「はい、おまたせ。熱いから気を付けて」

「……なんだこの、積み木の煮っころがしのようなものは。もっとこう、肉汁たっぷりのステーキや、バター香るムニエルのような気の利いたものが食いたいのだが」

そうした阿門好みの料理を、これまで毎回あちこちから取り寄せているのだが、それだと弥千代は決して口をつけようとしない。

仕方なく今夜は任せてみたら、想像どおり貧乏臭そうなものが姿を現した。

「せめて食べてから、文句言ったっていいじゃない。……せっかく作ったのに」

感じたままを言った阿門だったが、弥千代が顔を曇らせるのを見て、なぜだか後悔してしまった。

「……確かにそれは、一理あるな。そもそも私は、和食が嫌いなわけではないぞ。鰻《うなぎ》とか天ぷらとか。しかしよりによってなんだこれは、この熱々の……。ふむ。……まあ、不味くはない。これはあれか、魚のすり身か。……しかし、そこにジャガイモを入れるという意味が……。なるほど、昆布の出汁《だし》が染みてこれは……」

「美味しい？」

嬉しそうに言って表情を明るくする弥千代に、阿門はうなずく。

「まあ、たまには、下々の者の食生活も新鮮で悪くないかもしれん」

「これは、おでんっていうんだ。それと今日は給料日だったから、特別サービス」

弥千代は言って、湯呑《ゆの》みに温めた酒を注いでくる。

「おお。酒か。悪くないな」

「安物だけど、悪酔いするほど飲まないから、いつも料理酒と兼用しちゃうんだ。俺は酒に弱いから、舐める程度でホロ酔いになっちゃうし」

言って弥千代は本当にわずかな量を、自分の湯呑みに入れた。

阿門が初めて口にする、おでんと熱燗《あつかん》というその組み合わせは、驚くほどに相性がよく美味い。

弥千代は自己申告したように、すぐに酔いから顔を赤くして、いつもよりにこにこしながら、おでんをつつく阿門を見ている。

「なんだ。なにを見ている」

「だって、悪魔とコタツとおでんの組み合わせなんて、滅多に見られないじゃない」

「人を珍獣扱いするな。私はこんな生活スタイルは、本来であれば不本意なんだぞ」

憮然《ぶぜん》として言ったが、弥千代は早くも酔ったのか、相変わらず笑顔のままだ。

「あと、ウサギの耳が気になって。白い毛皮が滑らかそうで、触りたくなってくる。やっぱり、人間の耳よりよく聞こえるの？」

「人間になったことがないから、比べようがないが。おそらくそうだろうな。その気になれば、隣の家の会話も聞こえる」

えっ、と弥千代は目を丸くして、さらにまじまじと阿門の長い耳を見る。

「そうなんだ、すごいね。……髪も銀色だし……。すごく……綺麗だ」

ごく自然に唇から零れたその言葉に、今度は阿門が目を丸くした。

「私は容姿を褒め称えられることに、慣れてはいるが。貴様がそんなふうに言うのは珍しいな」

弥千代は、あっ、という顔つきになり、さらに赤くなる。

「みっ、見た目は最初から、なんていうか、整ってると思ってたよ。人間じゃないんだから、そういうこともあるかなって、べ、別にタイプとか好きとかってことじゃなくて、花や星が綺麗っていうのと同じことで」

あたふたと釈明してから、弥千代は肩をすくめた。

「やっぱり駄目だな。酔うと言わなくていいことを、口に出しちゃう」

「……そうなのか？」

阿門はどうしたわけか、そんな弥千代から目を離せなくなってしまい、箸《はし》から揚げボールが転がり落ちたことに気が付かなかった。

その気持ちを簡単な言葉で表すとしたら、猛烈に弥千代を可愛いと思ってしまったのだ。

「あ。今ボールを落としたよ。もういいから、ほら、もっと食べて。大根も美味しいよ」

せっせと湯気の向こうでおでんを取り分ける弥千代を、阿門は不思議な気持ちで眺める。

長いこと生きてきて、ありそうでなかった、初めて見る情景だと感じていた。

——ささやかで、暖かくて、和《なご》やかで……これはなんという感覚なんだ。私は知らんぞ、こんな気持ちは。

やがて鍋があらかた空になったころ、酔っているせいなのか、弥千代は珍しく阿門に甘えるような目をして訴えてくる。

「ねえ。ウサギになってくれない?」

「……別に構わんが、なぜだ?」

「構わないなら、なってよ。理由は俺が今ウサギを抱っこしたいから、じゃ駄目?」

阿門も安酒のせいか、多少酔っていた。そこでまあいいかと、ウサギの姿になってやると、弥千代はパアッと表情を明るくする。

「あああ、可愛いー!　ふわんふわん、もふんもふん」

身もだえしながら阿門を抱き、膝に乗せた。

「ねえねえウサちゃん、お腹空いてない?　ニンジン食べたい?」

「おでんを食ったばかりではないか」

「駄目だよ、もっとウサギらしくしてよ」

「人間が悪魔に望むウサギらしさとはどんな定義なのか、意味がわからん」

「ああっ、お鼻がぴくぴくするのが可愛い……」

「貴様、私の話を聞け」

「やだ、もう無理、我慢の限界」

弥千代は言って、ちゅう、とウサギの阿門の鼻にそっとキスをしてきた。

「あったかーい……やーらかい……」

「……おい、弥千代。貴様、誘っているのか。……それはそれでやぶさかではないが、だったら人間の姿に戻って……」

言ううちに阿門は、すーすーと弥千代が寝息を立てていることに気が付く。

仕方のないやつだ、と呆れたものの、膝に乗せられ、身体の半分にコタツ布団がかかっているこの状況は、抵抗を封じるほど気持ちのいい威力がある。

――このコタツという物体、なかなかの魔力を秘めているな……下級の悪魔程度には、誘惑する力を持っている。そのせいか？　私がここ最近、めっきり悪魔らしくなくなっているのは。

すやすやと眠る弥千代を見つめ、ここしばらくの自分の状況を振り返った阿門は、このままではどうにもいかんと反省をし始めていた。

弥千代と出会ったあの日から、なにひとつとして、契約者の望みを叶えていない。

それどころか、まだ弥千代には野望の欠片《かけら》すら、芽生《めば》えていないように見える。

最近は今のように、弥千代の生活ペースに阿門が合わせるような状況も、増えてきていた。

弥千代は服がほつれればつくろい、室内でもスーツ姿の阿門に、なけなしの自分の衣類を差し出してくる。

『家の中でそんな格好されてたら、見てるだけで窮屈《きゅうくつ》になる。着替えなよ』

「しかし私がこれを着たら、貴様の着るものがなくなるのではないか？」

『Tシャツなら何枚かあるし。寒かったら毛布にくるまるから、問題ない』

野望を叶えるどころの話ではない。弥千代の質素な生活に、ともすればこちらが感化されてしまいそうになってきている。

そしてコタツで蜜柑《みかん》をむき、熱い茶をすするこの生活に、あろうことか阿門は抵抗を感じなくなってきてしまっていた。

弥千代の膝でまどろむ静かな時間には、百年単位の時を生きる阿門がかつて味わったことのない、未知の快感がある。

このままだらだらと生活していたら、あっという間に弥千代の寿命が尽きてしまいそうだ。

さすがに人選ミスだっただろうかと、阿門も自分の見る目が狂っていたことを、認めざるを得なくなっている。

「参ったな。６６６人まであとひとりというところでつまずくとは」

阿門はばりばりと足で耳をかき、一計を案じる。

弥千代の寝顔は起きているときより幼く、無邪気に見えた。

――なぜだ。人間などまったく好きそうではないのに、なぜ貴様は他人の不幸を望まない？　それどころか自分にひどいことをした肉親に、幸せになって欲しいなどと願う。どうにもわからん。

阿門がこれまで接してきた人間は、みんなもっとわかりやすかった。

他人よりも幸せになりたい。どれほど富を手に入れても、自分よりたくさんの富を持っている人間がいると許せない。美しい伴侶を手に入れても、それより美しい異性と寝ている人間がいるのが我慢ならない。

整った外見になっても、他の整った外見の人間を見ると、そちらのほうがより端整に思えてくるという。

もっともっと欲しい。さらにどこまでも上に行きたい。そのためならば愛も正義も道徳も知ったことではないと捨て、踏みにじる。

その激しく狂おしい妄執《もうしゅう》こそが、阿門が欲する負のエネルギーだった。

エネルギーが大きいほどポイントが加算され、最終的に身を滅ぼした契約者の魂を捕獲して地獄へ提出すると、業務成績に反映される。

――弥千代がそういう方向に行く性格ではなさそうだということは、さすがに私も思うようになったが。とはいえ、現段階の問題点は、すでにそこではない。

阿門が困惑していたのは、仕事に関してだけではなかった。

ウサギの自分に対し、あまりに無防備に素直な愛情をぶつけられるせいか、どうにも弥千代に対して、妙な感覚を覚えるようになってしまっていたのだ。

乱暴にはせず抱きしめて甘く囁けば、強引にその身体を奪っても、怒ったり激しく抵抗したりということもない。

食事まで作ってくれるところをみると、口ではどう言おうと弥千代は阿門が傍にいることを、許しているのだとわかる。

そんな弥千代に対し、どうやら独占欲や庇護《ひご》欲が湧いてきてしまったことを自覚していた。

カフェで会った弥千代の元級友という女たちに対し、妙に苛立ったのもそのせいだろう。

「……参ったな。望みが生まれたのは私のほうではないか。……今の私は猛烈に弥千代が欲しい。身体も心も、なにもかもがだ」

しかしこれでは仕事にならない。なんとかせねばと阿門は悩み、身体の皮膚をはぎ取られる思いで、自分を縛りつけておこうとする柔らかな、暖かいコタツ布団から抜け出した。

そして弥千代を抱いて運び、きちんと布団をかけて寝かせると、夜の街へと出かけたのだった。


阿門が訪れたのは繁華街の地下にある、一見したところでは店とはわからないようなバーだった。

悪魔たちが利用するこの手の店は、目印としてドアに大きく山羊の角と黒い翼を持つ両性神バフォメットの姿が描かれているが、むろん人間の目には見えない。

カウンターだけの店内はひどく薄暗く、間接照明のほのかな赤い光だけが黒一色の内装に反射し、かなり不気味な雰囲気を醸し出していた。

人間の世界に滞在している間、仲間と情報交換などがしたい場合には、悪魔たちはこうした場所を利用する。

もっとも、かつて魔女狩りや悪魔祓《ばら》いが盛んだった時代には、火急の話し合いが必要な案件も多かったものだが、近年では近況報告と息抜きの場と化していた。

阿門が入っていくと、グラスを磨《みが》いていたバーテンダーが顔を上げる。

「これは、アモン様じゃないですか。お久しぶりです」

「おお、貴様も元気そうだな。まだ眷属に甘んじているのか？」

「そうでなきゃ、バーテンダーなんてやってないですよ」

バーテンダーの名前はジョンといい、黒髪に青白い肌の、どこか陰のある青年の姿を取っている。が、十六世紀のドイツではヨハン・ファウストという妖術師として名を売り、のちに戯曲のモデルになったような男だから、実際には青年などという年齢ではない。

カウンター席に腰を下ろした阿門は、銘柄《めいがら》は任せて赤ワインをオーダーし、つまみとして山羊のチーズを頼んだ。

店内に他に客はなく、誰かに相談してみようと考えていた阿門は、やや拍子抜けする。

「このところ、来るやつはいるか？」

「いえ。もっぱら迷い込んでくる人間の相手ばかりですよ。先月まで、ロレイ様が来られてましたけどね。無事に魂の捕獲に成功して戻られたようです」

ロレイというのは阿門より、階級が下の悪魔だ。

「ふうん。下のものが仕事に励《はげ》んでいる話を聞くと、うかうかしていられんという気になるが」

阿門は溜め息をつき、差し出された華奢《きゃしゃ》なワイングラスに口をつける。

その様子にジョンは興味を引かれたらしく、鹿のように真っ黒な瞳を瞬かせた。

「アモン様が、そのように難しい顔をされるというのはお珍しい。それに大変失礼ですが、どこか人間臭くなったようにお見受けします。……なにか問題でもおありですか」

人間臭いなどと言われたら、少し前であれば激怒していた阿門だったが、今日ばかりは思い当たることがあった。

ふむ、と阿門はグラスを置いて、顔を上げる。

「どうも今回、難しい相手と契約してしまってな。おそらくそのせいだろう。さしもの私も調子が狂う」

「難しい相手？　まあ、愚かなのが人間という生き物ですからね。悪魔とレタスを一緒に飲み込んだ女、たった豚一匹の捧げもので三百年の命を望んだ男の話など、他の方々からも困った人間の話はよく聞いておりますが」

「そういうパターンではないのだ。あいつの……弥千代の場合は」

なにしろ欲がないこと。他人の不幸を望まないこと。ほんのささやかな楽しみで満足してしまうことなど、阿門はこれまでの弥千代との契約の経緯を話して聞かせた。

ジョンは神妙な顔で、なるほどとうなずく。

「召喚されたのではなく、自らスカウトされたのですか」

「世が近代化されるにつれ、召喚される機会が滅多になくなったからな。待ちくたびれて、こちらから動いたのだ」

「それはしかし……決してアモン様の目に狂いがあったとは申しませんが、恵まれすぎた男に声をかけてしまったのではないですか」

「そんなことがあるわけないだろう！」

阿門は言って、ダン！　とカウンターを拳で叩いた。

「他人を見る目も冷めていたし、道徳感も同情心も薄いと感じた。協調性もなく、人の世に愛着があるようにも思えない」

ジョンは怒りを買うのではないかと不安になったのか、慌てて、とりなすように言う。

「で、では、逆にあまりにも満たされなさすぎて、自暴自棄になっているとか」

「……どちらかといえばそうだ。自棄《やけ》にはなっていないが、満たされていなさすぎる……なにしろ欲しがることをしない」

「それは変わった人間ですね。多少なりとも人の本能として欲求があると思うのですが、それがないということは、なにかよほどの事情があって、意図的に抑圧しているのでしょうか」

よほどの事情、意図的な抑圧、という言葉に思い当たることがあり、阿門は求めていた迷路の出口が、ようやく見えた気がした。

弥千代は言っていたではないか。自分と関わった人間は、みんな不幸になるのだと。

そこまで考えた瞬間、阿門はバラバラになっていたパズルのピースが、カチッとすべて収まるべき場所に収まったと感じる。

「……そうか。そういうことか……！」

グラスを手に見るともなく宙を見つめ、阿門は弥千代という青年を、ようやく理解できたと感じていた。

弥千代が深い満足や、濃い繋がりを欲しがらないのは、おそらく他人を不幸にしないためだ。これまでずっと長いこと、自分の欲求は抑え他人を優先して生きてきたのだろう。

だが、理解したからといって解決には繋がらない。

むしろ、これは厄介なことになった、と阿門は頭を抱える。

「他人を不幸にするよりはと、禁欲的で孤独な人生を選ぶ。それが弥千代と言う人間の本質だというのか。……冗談ではない！　そんな心清らかな青年に、用はないぞ！」

それを聞いたジョンは、ほう、と驚いたような顔つきになる。

「今時珍しい、穢《けが》れのない青年なのですね。それでは契約成立が難しいのも、無理はないかもしれません」

「不覚だった。弥千代は人を嫌ってなどいない。好きだからこそ、人から距離を取っていたのだな。だが、まさかそんな人間がいるとは……」

そう知った上で弥千代の姿を脳裏に思い浮かべると、眩《まぶ》しいほどに清潔感に溢れ、なんと健気《けなげ》で可憐《かれん》な青年なのだと思えてくる。

その青年が、せっせと自分になけなしの金で食事を作り、細い腕でウサギの自分を抱きしめてきた。

阿門は自分が悪魔であることを常に誇りに思ってきたが、初めてどこか後ろめたい、恥ずかしい思いが胸をかすめる。

「自分も長い付き合いになりますが。人間というのは本当に妙な生き物ですよねえ」

ジョンはグラスを手に取り、布で拭きながら言う。

「うじゃうじゃと数がいるくせに、同じものが一匹たりともいないというのは、なかなかに面倒でしょう」

「自ら我らと契約するために召喚するような連中は、似たり寄ったりだったのだがな。

……貴様も飲め。ひとりで飲むとペースが速くなる」

ではいただきます、とジョンは自分のグラスにもワインを注いだ。

ジョンがその一杯を飲み干すのを待ち、もう一杯飲めと阿門は勧める。

その脳裏には、あまりに複雑で混乱した思考が渦巻き、自分ひとりで処理するのは困難に思えた。

数百年を生きてきた阿門だが、こうした事態に陥ったのは初めてのことだったのだ。

「ところでだ。貴様はこれまで人間だけでなく、多くの我が同胞《どうほう》とこうして酒を飲み、愚痴やら近況やらを聞いてきたと思うのだが」

「ああ、はい。……ごちそうさまです……。確かに私は、人と悪魔双方から、長年に渡って酒の上でのおしゃべりを耳にしてまいりましたが。なにかご質問でもおありですか」

ジョンは真っ黒な、闇の色の瞳をこちらに向ける。

阿門は悪魔らしからぬこの困惑を、口に出すべきか一瞬迷ったが、この眷属以外に相談できる相手はいないと考え、口を開いた。

「いや……質問と言うほどでもないんだが。……参考に他の悪魔たちの話も聞いてみたいと思ってな。貴様が相手にしてきたものの中に、人間と深い関係になったものはいたか？」

「深い、と言いますと」

「つまり契約対象という以上の感情を持ったものがいたか、ということだ。まあ、ようするに、あれだ。愛情だの、友情だの」

あまりにも自分らしくなく。気恥ずかしくて口ごもる阿門の言葉に、なるほど、とジョンは長い指を口元に当て、宙を見つめて考え込む。

「……人間の男女が、我々や魔女に執心《しゅうしん》したケースは幾つも記憶しております。しかし逆のパターンや、双方同じくらいの気持ちを寄せ合うということは、私の知る限りではありませんね」

なるほど、と阿門は、無表情でうなずいた。

「ではもうひとつ質問だ。……特定の人間をいつまでも目で追っていたくなったり、その相手がいるのといないのとでは世界がまるで違うもののように感じたり、傍にいるだけでなんというかこう、胸がきゅんとしてしまうというこの感覚は、恋以外になにかあるか」

いいえ、とジョンはきっぱり首を横に振る。

「それはまさしく、恋心以外のなにものでもない、と考えますが」

「ほう、そうか。……くだらん。実にくだらんな。陳腐《ちんぷ》で下等な人間の陥りそうな状況だ」

まったくなんの動揺もしていない、というふりを装って、ことさら阿門は冷静な口調で、淡々と言う。

だがそれは、昨今の阿門が弥千代に対して持つ感覚、そのものだった。

「……それで、だ。仮に……万が一だが。そうした関係の悪魔と人間がいた場合、貴様としてはどう考える？」

さらにもう一杯、阿門はジョンにワインを勧めながら尋ねた。

ジョンはきりりとした黒い眉をわずかに顰め、けれどきっぱりとした口調で言う。

「仮にということですので、あくまでも、たとえばの話です。……もしアモン様と人間という組み合わせで肉体関係を持つという場合、まず体力的に人間側が衰弱するでしょうね。人間という生き物は、我々に比べて脆《もろ》いですから」

「……私が制御しないと、殺してしまいかねない懸念があるわけか」

「はい。しかし精神的に分が悪いのはアモン様でしょう。契約不履行のままでは、次の仕事に取りかかれないのが規則ですから。それに情を移したところで、人間の寿命はせいぜいが百年程度ですよ」

「……どちらにせよお互いに、ろくなことにはならんということか。確かにそうだな、肝《きも》に銘《めい》じよう」

阿門は大きくうなずいた。まして、昇級がかかっている仕事となればなおさらしくじれない。

──そうだった、弥千代は666人目ではないか。なにがどうなろうと、この契約は成立させなくてはならない。……なにが恋だ。それどころではない。

このまま延々と弥千代が野望を持つのを待っていると、またおかしな考えを持つようになってしまうかもしれない。

人間のことで悩んだり、眷属に相談すること自体、悪魔としては恥ずべき行為と言える。

契約者本人の脳をいじって望みを言わせることこそ規則違反だが、周囲の人間や物質を操ることは可能だ。

──あまりスマートな方法とは言えんが、とっとと片づけてしまうべきだな。私が悪魔としての道を踏み外してしまう前に。

ルビー色の液体を飲み下しながら、阿門は強硬手段に打って出ることにしたのだった。

結局豪邸を与えても、弥千代はそのうちのほんの一角しか使用しようとしなかった。広い風呂も掃除が大変だと言って、あまり快適には感じていないらしい。せっかくの休日にはせっせと庭掃除や雑草の除去を始めてしまい、相変わらず遊びに行く様子もなかった。

そんな弥千代を動かすには、やはり色欲に溺《おぼ》れさせるのが、一番効果的だろうと阿門は結論を出したのだ。

そちらはかなり仕込んだし、もともと身体は敏感で、快楽に弱い。

この日阿門は、弥千代の仕事についていったが、用事があるからと帰宅時には一緒にいなかった。

弥千代の勤務地に近い繁華街で、阿門は利用するための人間を物色していたのだ。

大通り沿いの二階にあるカフェの窓際に座り、下を歩く人々をじっと眺める。

——弥千代は女の身体は知らないようだし、やはり男がいいだろうな。あまり若い男は駄目だ。弥千代を乱暴に扱うようでは困る。……いや、それは別段、弥千代が大事というわけではないぞ。つまり、大事な契約者なのだからな。

といって、年齢がいきすぎている男と絡ませるのも、あまり想像したくない。できれば自分程度の相手が、弥千代も安心するだろう。見栄えも悪いよりは、いいほうがいい。

長いことかかってようやく阿門は、これならばまあ、と妥協できる青年を見つけ出した。

店を出てあとをつけ、少し脳を探ってみると既婚者らしかったが、知ったことではない。

さらに脳をいじって細工を施すと、青年はふいに立ち止まり、それから急に目的地を思い出したというように、それまでとは別の方角へ向かって歩き出す。

そして弥千代の勤務地の近くまで来ると、青年は建物の陰で直立不動の姿勢を取った。

阿門はちらりと、街角のビルに設置された時計を見る。

――弥千代の仕事が終わるまで、あと四十分程度か。

そのまま阿門の意志により、青年はじっと立ち尽くしていた。やがて四十分が経過すると、青年は再びこちらの操作通りに歩き出す。

三分ほどして、仕事を終えた弥千代が向こう側から歩いてきたそのとき。

どすん、と思いきり青年は弥千代にぶつかった。

わあっと大げさに叫んで転がった青年は、膝を押さえて蹲《うずくま》る。

人と関わることを嫌う弥千代は、一瞬立ち去りそうな様子を見せたが、さすがに呻いている青年を放ってはおけなかったのか、駆け寄って背中に手を置いた。

「すみません、あの、怪我とかしました？」

心配そうな顔の弥千代を見て、やはり基本的には人がいいのだろうな、と阿門は思う。

今ぶつかったタイミングは、どう見ても弥千代のせいではないし、ふらふらと青年のほうから寄っていった感じだ。

それなのに自分から謝るというのは、根が冷酷な性格だったらありえない。

青年は顔を上げ、阿門が念じた通りの言動をする。

「少し休めば歩けると思うけど、今はすごく足と腰が痛くて無理だ。……そこの喫茶店で座りたい。きみが付き添って連れていってくれ」

「え。いえあの、救急車を呼んだほうがいいのでは？」

「そんな大事にはしないで欲しい」

「で、でしたら、病院へ行きましょう」

弥千代としては、他人と長くふたりで過ごすのは、相手を不幸にしてしまうと考えてできるだけ避けたい事態なのだろう。

しかし阿門が操る青年は、しつこく食い下がる。

「そこまでのことはない。喫茶店でいい。茶を一杯飲んで、それでもまだ痛むようなら考えるから、それまで付き合って欲しい」

「で、でも、俺は時間がなくて」

「君は加害者だろう。被害者に対してその態度はないんじゃないか」

そこまで言うと、ようやく心根の優しい弥千代は、抗いきれなくなったらしかった。

「わかりました。……じゃあ、つかまってください」

弥千代は困惑しきった顔をしていたが、それでも青年を肩につかまらせ、古い喫茶軽食の店へと入っていった。

阿門も早速、人間の目には見えないよう姿を消し、店の裏口から厨房へと向かう。

そしてふたりが注文したと思しき珈琲に、たっぷりと媚薬《びやく》を注いだ。

わずかでも口にすれば、数十分のうちに男でも女でも、性欲の昂《たかぶ》りで理性が弾け飛んでしまうような、強烈な効果の劇薬だ。

首尾《しゅび》よく薬を仕込むと、阿門は店を出た。近くの建物の壁に寄りかかって腕を組み、次の展開を待ち受ける。

間もなく想定通りに店のドアが開き、ふたりはのぼせたような赤い顔をして、道を歩き出す。

そっと後ろをつけていくと、弥千代が泣きそうな、焦ったような顔で青年に言った。

「あの。俺、帰ります。あなたも歩けるようですし、なんならタクシーをつかまえて」

「きみは本当に、それでいいのか」

青年は言って、弥千代の腕をぐいとつかんだ。

「そんなはずはないだろう。こんなに手が熱い。息だって弾んでいるじゃないか」

「これは多分、なんだかちょっと、具合が悪いんです」

それでも弥千代は腕を引っ張られると、抗うことができないようだった。無理もない。おそらく性器は屹立しているはずだし、腰だって今にも砕けそうになっているに違いなかった。

足取りはふらつき、目つきもとろんとして、うつろになってきている。

「ど、どこに行くんですか」

苦しそうな呼吸の合間に弥千代が問うが、青年は無言で裏通りへと入っていく。

阿門にはもちろん、行きつく先はわかっていた。ラブホテルだ。

──既婚者と関係し、どろどろとした三角関係の糸に巻き込まれるがいい。相手の家庭の崩壊を望み、嫉妬《しっと》を知り、人を呪い、恨め。肉欲に溺れ、他人の幸せなど二度と望まぬようになれ。そうしたらその望み、すべて私が叶えてやろう。

阿門はそう思いながら息を潜め、成り行きを見守っていたのだが。

なぜか突然その右足が、タンタンタンタン！　と激しくアスファルトを踏み始め、阿門はそんな自分にハッとし、動揺する。

──なっ、なんだ、私は。どうしたんだ。計画は上手くいっているというのに。

必死に身体をぷるぷるさせながら足踏みを堪《こら》えていると、弥千代と青年がラブホテルの前までやってきた。が、ふいに弥千代の歩みが止まる。

どんなに青年が腕を引っ張っても、頑《がん》として動こうとしなくなってしまったのだ。

その火照った顔には、今にも泣きそうな、苦しそうな表情が浮かんでいた。

「お、俺、初対面の人と、こんなとこ、入れない」

「どうして。きみは今、俺と同じ状態なんだろう。したいからする。それだけで充分な理由じゃないか」

強引に青年は弥千代の腕を引っ張り、ホテルに入ろうとする。弥千代はそれを必死に拒み、足を踏ん張った。

なぜかそれを見ているうちに、阿門は胸が苦しくなってくる。

——あ、なんという乱暴なことをする。そんなに強く腕を引いたら、弥千代が痛いではないか。もっと優しく扱え。

しまいに、弥千代の腕をぐいぐいと引く青年に、こちらが操っているにもかかわらず、理不尽にも腹が立ってくる始末だ。

「なんで、こんなふうになったのか、わからないけど。確かに今、俺の身体、そんなことになっちゃってるけど」

弥千代は身体の興奮が辛いのか、目に涙を浮かべて言った。

「だけど俺、こういうことは、ひとりとしかしたくない。誰とでもなんて、そんなの絶対、嫌だ」

その言葉を耳にした瞬間、阿門の心臓をキャンディとチョコレートでできた鎖できつく締め上げられるような、甘い痛みがキューンと突き抜けていく。

「……弥千代！」

言って阿門は、二人の前に飛び出していた。そうしてびっくりしている弥千代の手を取り、ホテルの中へと入っていく。

取り残された青年は、阿門が操るのをやめたために、ぽかんとして周囲を見回していた。

「一番いい部屋を！」

受付に向かって阿門は叫ぶ。と、受付の小さな隙間から、パネルをタッチしてくださいという女性の声だけが返ってきた。

「な、なんで阿門がここにいるんだよ？　離せよ、俺、こんなとこ、やだ」

「説明している場合か？　貴様が歩いて帰れるとは思えんが」

阿門は言って、なんだかよくわからんと思いつつも、最も豪華そうな室内の写真が出ているパネルをタッチして、その部屋の鍵を受付の隙間から受け取った。

行くぞ、と振り向いたが、そのときにはもう弥千代は、立っていることさえ辛い状態になっている。

「お、俺。なんか、おかしくて」

真っ赤な顔をして、震える声で言う弥千代を阿門は問答無用で肩をかつぐようにして、エレベーターへと向かう。

けれど途中で完全に弥千代の腰が立たなくなってしまい、腕をつかんで背中に負ぶった。

「ほら、弥千代。きちんと手を回せ」

両足を持ち上げると、弥千代はすがるようにして、阿門の首に手を回してきた。

ところがエレベーターが降りる階につく前に、急に弥千代はもがき出す。

「お、降りる。阿門」

「歩くどころか、立てないのになにを言っている」

「だけど……いっ、いや……っ！」

エレベーターが到着し、背負ったまま歩き出すと、ますます弥千代は床に下ろして欲しがった。

そして阿門は、その理由にやっと気が付く。

媚薬でガチガチになってしまっていた弥千代のものが、背中に密着して熱を伝えてきていたのだ。

「恥ずかしがっても、もうバレている。観念して、素直に感じていればいい」

「な、なんか、変なんだ。だから、こんなになっちゃっただけで、いつもは、こんなふうには」

羞恥のあまり涙声になりながら、一生懸命弥千代は言い訳をする。

そんな弥千代の様子に、阿門としてはもう我慢ができなかった。

ドアを開いて部屋に飛び込むと、一目散《いちもくさん》にキングサイズのベッドに突進し、弥千代を仰向けに押し倒す。

「あっ、んんっ……駄目ぇ、っあ！」

弥千代の抵抗は、わずかなものだった。明るい室内で全裸にしても、抗議の声は弱々しい。脱がせた下着はすでにぐっしょりと濡れていて、もしかしたら背負っていたときに達していたのかもしれなかった。

薬のせいで、理性が今にも飛びそうになっているのだろう。弥千代は焦点の合わない目をして、シーツの上で淫らに身体をよじった。

「阿門……っ、ん、んぅ……」

自分ももどかしげに服を脱ぎ捨て、阿門は弥千代の身体に覆いかぶさり、その柔らかな唇を味わう。

弥千代はうっとりしたような吐息を漏らし、自分から舌を絡めてきた。

激しい媚薬の効果のせいか、反り返った自身を、無意識に阿門の下腹部に押しつけてくる。それは興奮にわななき、ひっきりなしに透明な雫を零している。

「弥千代……すぐに貴様を、快感で満たしてやる」

唇を離して言うと、弥千代は細い腕を懸命に背中に回してきた。

阿門も返事をするかのように、その身体を抱きしめてやる。

足が腰に絡みつき、ぴったりと互いの身体が密着した。ああ、という満足したような溜め息が、弥千代の唇から漏れる。

「はあっ、ん……っ、やっ、ああ」

どこに触れても、唇を滑らせても、弥千代は敏感に反応し、甘い声で喘ぐ。

胸の突起をきつく吸うと、くぅ、という子犬のような、愛らしい声を出した。

阿門は執拗に、もう片方の突起を丹念に指先でつまみ、こねるように弄り、優しく指の腹で擦る。

ああっ、ああっ、という短い悲鳴を上げる弥千代の唇の端から、淫らに唾液が零れた。

「いっ……ああっ、やあ」

散々に指で刺激した後、ねっとりと舌を絡めてやると、かちかちにしこった突起は強い刺激を弥千代に与えるようだ。

背中が反り、いやらしく腰が揺れ始める。

「もっ、駄目……っ、そこ、ばっかり、いやぁ」

言われても、なおも胸の突起をいじり、きつく吸い上げた瞬間。

「あう……ッ！」

ビクッ、と大きく弥千代の身体が跳ねた。達してしまったのだ。

「……乳首だけでイッたのか。すごいな、弥千代」

誉めたのだが、弥千代は半泣きになっている。

「俺、俺っ、も、おかしく、なっちゃう」

過敏すぎる自身の反応に、怯え始めているらしい。

「だが、まだまだ足りないのだろう？」

放ったものを指にまとい、そっと後ろの窄まりに指を埋めていく。

「あ……っ、ああ……っ」

無理もないが、弥千代の身体は完全に弛緩していた。

丹念に内部を解す行為だけで、またも弥千代のものは屹立し、唇からは完全に悲鳴ではない、淫らな嬌声が漏れ続けている。

改めて腰を抱え直したその体内に、阿門は昂ったものを押し当てた。そのまま、ぐうっと熱い身体を刺し貫く。

「――っ！」

弥千代は声にならない叫びを上げ、その目から涙が溢れた。

素直で敏感な反応にこちらも抑えがきかなくなり、思いきり腰を突き動かす。

深く内壁を抉るたびに、ひーっ、ひーっ、と弥千代の喉が鳴った。

もうわけがわからなくなっているのか、子猫がすがってくるように、必死にこちらの身体にしがみついてくる。

「弥千代。……気持ちいいか」

耳たぶを唇で挟むようにして問うと、喘ぎながら弥千代はうなずく。

「い……っ、ああ、やぁっ、あ」

「私もいい。熱くて、とろけそうなくせに締めつけてきて、こんな快感は初めて味わう」

「ひい、っ、い！」

またも弥千代の腰が痙攣し、下腹部を熱いものが濡らした。

互いの体液と汗で身体はぬるぬるになっているが、不思議とそれが少しも不快ではない。

ぴったりと密着している皮膚がなくなり、その部分はひとつになっているような錯覚に陥ってくる。

「も、いや……変に、なっちゃ……ああっ！」

ぐぐっと阿門の腰が痙攣し、中に濃いものを吐き出した。

けれど阿門自身は、ほとんど硬度を失わない。そして弥千代の背に両手を回し、ぐいと持ち上げるようにして、自分は仰向けになった。

「やっ、なに……っあ、やあっ」

ぐるりと位置を入れ替えるようにして、弥千代が阿門の腰の上に乗った状態になる。

騎乗位の体位を取らされる恥ずかしさに、弥千代は力の入らない身体で逃れようとするが、阿門はその両腕をつかんで離さなかった。

「は、離して、もう、許して」

涙ながらに懇願する弥千代が、いたいけでどうしようもなく可愛らしいと阿門は思う。

その姿に昂って、自分の長い耳までが熱を持っているように阿門は感じる。

その耳に弥千代の嬌声は、ひどく甘く、エロティックに響く。

可哀想に思える反面、もっと貪り尽くしたいという欲求を抑えきれない。『強欲』が、阿門という悪魔の本性だ。

「……貴様が自分でしているのが、見たい。そうしたら、許してやる」

阿門の言葉に、汗と涙に濡れ真っ赤に火照った弥千代の顔に、驚きととまどいの表情が浮かぶ。

「そ、そんなの、だって」

「でないと、いつまでもこのままだぞ」

いつまでも？　と弥千代は怯えたように言った。

「そうだ、いつまでもだ。この状態のまま、何時間でも眺めているのも楽しい。だが、貴様が辛いならば、それで妥協すると言っている」

そう言って、腰の下でつかんでいた両手を解放してやると、弥千代はひどくおずおずとだが、自分のものに指を絡めた。

濡れて震えているそれは、何度も達したというのに完全に硬度は失ってはいない。

のだろう。
恥ずかしがりの弥千代がここまでするのは、体内を貫かれたままの状態が、よほど辛い
羞恥にぎゅっと目を瞑り、弥千代は少しずつ自分のものを慰め始める。
「ん……ん、ん」

「や……あっ、恥ずかし……っ、いや、あ、あ」

時折感じると、きゅっ、と中が阿門を締めつけるが、その刺激にさらに苦しめられるの
か、眉根がそのたびにきつく寄る。

「あ、あっ！　やあ……っ」

触れないままに、阿門は弥千代の赤くしこったままの乳首に、魔物の力で愛撫を加える。

「いや、っ、あ、許して……っ」

と、弥千代は背を反らして喘ぎ、自身からは新たな雫が滴った。

「あ、ああ……ッ！　ひっ、い……」

自らのものを自身の両手の、つたない指の動きで懸命に嬲り、体内に太く硬いものを受
け入れ、弓なりに反って喘ぐ弥千代の姿は、どうしようもなく淫らだ。

「……っ、は……あ、っう」

もう弥千代は声がかすれ、悲鳴すら上げられなくなっているらしい。

必死に酸素を吸い、激しすぎる快楽に身もだえている。

びくびくっ、とその身体が大きく跳ね、阿門の腹の上に熱いものが放たれる。

人間相手にあまりに求めすぎると、壊してしまうことはわかっていた。

だが阿門は、まるで何年もろくにものを食べていない人が、急に暴飲暴食をしたら身体に危険を及ぼすとわかっていてさえ肉を貪らずにいられないような、飢えに似た感覚を覚えていた。

——欲しい。もっとこの男が。弥千代の血も唾液も骨も内臓も、すべてが欲しい。

次に体内に熱を注ぎ込んだとき、弥千代は完全に気を失ってしまい、くたくたと阿門の上に崩れ落ちる。

その背に両手をしっかりと回し、しばらく阿門は、弥千代の華奢な身体を離すことができずにいた。

「弥千代。……聞こえていないだろうが……私はどうやら、出世の階段を踏み外そうとしているのかもしれん」

つぶやいて、その身体をしっかりと抱きしめ、薄く開いた唇に、何度も自分の唇を重ねたのだった。

第六章

阿門との奇妙な同居生活は、当初は赤く色づいていた庭の木々が、今はすっかりと葉を落としてしまった今も続いている。

相変わらず弥千代はこれといった望みを口にしなかったが、阿門は契約を解消するつもりはないようだった。

最近では契約のことよりも、なにしろ万年発情期ということで暇さえあれば身体を求められ、弥千代の体力はかなり奪われている。

この日も夜の仕事が辛いなと思いながら、弥千代は午前の仕事を終え、帰宅の途《と》についていた。

昼食用にと、大通りの店頭で販売しているお弁当を買い、そしてそのまま弥千代は歩道で立ちすくんでしまっている。

——どうしてこんなに、身体が冷たくなるんだろう。なんで俺、こんなにショックを受けてるんだろう。

決してこちらが望んでのことではなかったはずだ。今だって、抵抗がないとは認めたくない。

それなのに強引に抱かれているうちに、自分の頭はどうにかなってしまったのかもしれない。

弥千代が目にしたのは、車道を挟んで反対側の歩道を、やたらと二枚目の外国人らしき男性と語らいながら並んで歩いている、阿門の姿だった。

二人を目にした瞬間に受けた、自分の衝撃の大きさに、弥千代は愕然となってしまっていたのだ。

――べっ、別に……あいつにだって知り合いはいるだろうし、知り合いじゃなくたって俺には関係ないことなのに。それなのに、どうして俺は一緒にいるのが誰なのか、こんなに気になってたまらないんだ。

と、背後からの自転車のベルでハッと我に返った弥千代は、すみません、と謝りつつ道のわきに退く。

その間に、阿門ともうひとりの男は角を曲がったらしく、二人の姿は見えなくなってしまっていた。

弥千代は溜め息をつき、とぼとぼと歩き始めた。

しかし歩いているのが辛くなってきて、近くに見える公園のベンチへと向かう。

すとん、とベンチに腰を下ろすと、お弁当を抱えたまま弥千代はぼんやりと、見るともなく空を見ていた。

頭の中には、阿門のことしか浮かんでこない。

——……俺がいつまでも望みを言わないから、次の契約者を見つけた、とか。……いや、そう簡単にいく話じゃないって前に言ってた。ひとりずつ、契約を処理しないと駄目なルールなんだって。だとしたら……。

一緒に歩いていたあの青年は、契約者ではないということになる。

弥千代は、胸に大きな氷の塊を飲んだような、重たさと冷たさを感じながら考える。

——最近阿門は、前にもましてやたらと盛って、こっちが辛いって言ってるのに毎晩みたいに、俺に……してきてた。もしかしたら、俺が仕事中は人の目があって好き勝手にできないから、足りなくなって……。その時間帯は、他の人間に手を出してるんじゃないのか？

弥千代の中では、それが一番、しっくりくる結論だった。

自分と阿門はもちろん、恋人同士などではないのだし、悪魔相手にモラルを求めるほうがおかしい。

ふう、と弥千代は何度目かの重い溜め息をつき、足元の地面に目を落とす。

びっくりするほど意気消沈《しょうちん》している自分が、なんだかひどく惨《みじ》めだった。

「一緒にいた男を嫌いになれって言ったら、阿門は願いを叶えてくれるのかな」

声に出してしまい、弥千代はぎょっとして口を手で覆う。

なんでこんな醜《みにく》い思いを抱いたんだ、と自分が不安になってくる。

——まさか……嫉妬、なのかな。でも嫌いになれと思うなんて最低だ、俺は。それにあいつにとって俺は、ただの契約者なのに。

身体は重ねてはいても、お互いに恋愛対象でないことは理解していたし、なにしろ相手は悪魔だ。

趣味も価値観も理解できないし、尊敬もできるわけがない。

なにより阿門にとって自分は、単なる出世のための道具ではないか。

——だけど……そう。手が、優しかった。俺の頬を、髪を撫でてくれる指先が、いつも大事なものを扱うように丁寧で、繊細で……だから俺は、なんだか特別なことをされているみたいに、勘違いしてたんだ。

強引にテリトリーに入り込まれるうちに、いつの間にか傍にいることを許し、触れ合うことに安心感を覚えてしまっていたのだと思う。

弥千代は阿門が近くにいることによって、初めて自分がずっと、ひどく孤独で寂しかったということに気付かされていた。

そして阿門がいることで、その孤独が癒されていたのだ。

だから、阿門に自分以外にも性的欲求の捌《は》け口とする対象がいたのだ、と思った瞬間、弥千代は激しい喪失感と嫉妬を味わっていた。

「……なんだよ俺、バカじゃないの。こんなの最初から、わかってたことじゃないか。あいつは、悪魔なんだ。人の心なんて持ち合わせちゃいない。俺に料理だの、豪邸だのを用意してくれたのだって優しさからなんかじゃない。それなのに」

たとえ裏があったとしても、他人に構われ、自分のために何かしてくれるということは弥千代にとって、初めてのことだった。

それに悪魔の手にかかっては、性体験のなかった弥千代を快楽の沼に引きずり込むことなど、赤子の手をひねるよりも容易かっただろう。

もともと弥千代は、ゲイではなかったと思う。恋愛経験がないから絶対とはいえないが、少なくとも阿門が現れるまで、男を性欲の対象として考えたことは一度もなかったはずなのに、頭の中には、セックスの快感と阿門の姿が、直結して結びつけられてしまっている。キスも、素肌を合わせることも、他人と身体を繋げることも、相手の姿は阿門でしか想像できない。

異性への興味が薄かったこともあり、今後女性相手にそうした気が起きるかと考えると、無理なのではないかとさえ思えた。

「……ひどいよ、こんなの。キスも、一緒に食べる食事の美味しさも、知らないでいれば、俺はひとりきりで生きていけたんだ。……ウサギだって二度と抱っこしなければ、あんなに可愛い生き物だってことを忘れていられたのに」

他人を不幸にしてしまうから、と誰からも距離を取ってきた弥千代の前に現れた、唯一安心して傍にいられる絶世の美貌の持ち主。

そんな相手が、物心ついて以来ずっと孤独だった弥千代を抱きしめ、男に対してとは思えないような甘い睦言《むつごと》を囁いて唇を重ねてくる。

まったく心を動かさずにいるなど不可能だった。

さすが悪魔だよな、と弥千代は自嘲《じちょう》する。疫病神の自分を相手にしても、不幸になるのはこちらのようだ。

いずれにしろ、このまま流され続けてはいけないと、気が付いていいころだったのかもしれない。

頭のどこかで、いつまでもこんな日々が続くわけがないとも思っていた。

——早くあいつから、離れなくちゃ。俺が……阿門のいない生活に、耐えられなくなる前に。

弥千代はそう心に決めると、なにか解決方法はないかと模索をし始めたのだった。

「弥千代。私は夕方から少し所用で出かける。帰宅は遅くなるから、夕飯はすませてくれていていいぞ」

「あ……うん。わかった」

せっかく今日は休日なのに、と弥千代は思ったが、声に出しては言わなかった。

あの外国人の青年と一緒にいる姿を見かけてから、明らかに阿門の外出は増えている。

以前は、弥千代が仕事の間だけ暇を持て余してどこかへ出歩いていたのが、最近は今日のように休日に外出することも珍しくなくなっていた。

「詮索《せんさく》する気はないけど。なにか趣味でも見つけたの？」

食器を洗いながら尋ねると、阿門はいつものように長い耳を、髪を洗うような仕草で両手で撫でつけ、毛並みを整えつつ答える。

「うむ。この都市も、暗黒街とまではいかないが物騒《ぶっそう》で面白いところが見つかったからな。少し散策でもしてくる」

「……それってなにが面白いの？」

「殺伐《さつばつ》とした場所のほうが、私にとってはいい空気だと感じられるからな。貴様らにとっての森林浴のようなものだ」

本当かなあ、と弥千代は眉を顰める。

「それにしたって、こんな昼から？　本当は……」

あの人と会ってるんじゃないの？　という問いを弥千代は呑み込んだ。

嫉妬だと悟られるのが悔しいというより、自分の他に身体の関係を持つ相手がいると認められることが怖かったのだ。

「なんだ。なにか問題でもあるのか？　貴様がどうしても寂《さび》しいというなら、一緒に過ごしてやってもいいが」

「や、やだよ」

ホンネでは一緒にいて欲しかったが、つい弥千代は、心にもないことを言ってしまう。

「だって阿門といると……へ、変なこと、してくるし」

「それはするに決まっているだろうが」

開き直ったように、堂々と阿門は宣言する。

「俺は常に空腹を抱えている肉食獣のようなものだからな。美味そうな身体が傍にあったら、喰らうに決まっているだろうが」

やっぱり、と弥千代は勝手に納得して、落ち込んでしまう。

常に空腹を抱えていて、弥千代の傍を離れるということは、やはり他で腹を満たしているということではないか。

――おそらく、あの人と会ってるんだ。あの人と歩いてるのを見かけた前後くらいから、俺と……する回数も減ってるし。そうか、もしかして。……俺、飽きられた？

ずん、と弥千代は胸に痛みを感じる。

——あの人のほうがいいのかもしれない。背も高くて、均整の取れた体格の格好いい人だった。阿門と並んでいても、見劣りしないくらいの……。

「どうした弥千代。呪い殺したい相手でもできたのか？」

おそらく、すっかり暗い表情になっていたであろう弥千代の顔を、阿門はのぞき込んでくる。

わあっ、と弥千代は至近距離に近づけられた、阿門の顔から飛び退った。

このところ、急激に阿門の存在を強く意識してしまい、どぎまぎしてしまうのだ。

「ち、違う。少し、寝不足なのかも」

釈明すると、阿門は思いがけず深刻な顔つきになった。

「そうか。さすがに一昨日の、バックの体位でのセックスは長すぎたかもしれんな」

下ネタに弱い弥千代は、一気に首から上が熱くなる。

「なっ、そっ、そんな自覚があるなら、ちょっとは自粛《じしゅく》してよ！　辛いって言ったじゃない！」

「哀願する貴様が愛らしくて、ついもっと責めたいと思ってしまってな。しかし、昨晩は我慢して触れなかっただろうが」

——だから、他の男としに行くのかよ？

ふっとそんな考えが頭をよぎり、弥千代は唇を噛む。

「……もういいから、出かけるならさっさと行ってよ」

「ああ。貴様は今日は寝ていろ。顔色が悪いぞ」

しばらくして阿門が部屋を出ていくと、弥千代は脱力して、ソファにへたり込むようにして座ってしまった。

自分に飽きて、他の男を抱きに行きたいのなら、止めることはできない。

弥千代は阿門の恋人でもなんでもないからだ。だがそれならいっそ、自分のもとを離れてくれればいいのに、規則があるから契約を破棄できないのだろう。

以前であれば、飽きられるのも手を出されないのも大歓迎でしかなかったのだが、今の弥千代の思いは違う。

いくら強がって、阿門のことなどどうでもいいと思ってみても、気が付けば落ち込んでいる自分の本音を誤魔化すことはできなかった。

——阿門だって、仕事が終わらなくて困ってるんだろうな。だったら、お互いにとってこの関係は早く解消したほうがいいんだ。……阿門には俺がいなくてもいいのに、俺には阿門がいないと苦しいなんて、そんなふうになりたくない。

すでに半ば、そうなりかけているのではないかという怖さが、弥千代にはあった。

阿門がいそいそと部屋を出た後に弥千代が手に取ったのは、かつて阿門に蜘蛛に変えられ、今は元に戻してもらっている、プリペイド式の携帯電話だ。

一計を案じた弥千代が考えついたのは、ネットで呪いや悪霊に詳しいという業者の広告を見つけ、そのサイトで相談に乗ってもらうということだった。

先日、悪魔との契約を破棄する方法はないかとメールで尋ねたのだが、今日になって返信が来た。

メールや電話ではどうにもできないが、直接事務所まで来てくれたら、悪魔祓《ばら》いを検討してくれるという。

料金は、はっきりとは明示されていない。とりついた悪魔がどんなものか、祓うのが大変かどうかによって価格が違うのだと書いてある。

弥千代はベッドに座り、睨むようにして画面を見つめた。

——正直、ものすごく胡散臭い。前だったら、こんなの絶対に信じなかった。でも悪魔の存在自体が胡散臭いんだから、仕方ないよなあ。あいつが実在するのは確かだけど、悪魔祓いにメジャーな業者なんてないだろうから。

まとまった金などない弥千代だったが、分割払いもOKだと書いてある。

「いや、これ、やっぱりインチキっぽい気がする。でも他にどうすればいいんだよ、悪魔の対処なんて」

どすっと布団に仰向けに転がって、弥千代は天井に向かってひとりごちる。それからぐるりと、室内を見回した。

日当たりのよい、庭のよく見える静かで綺麗な部屋だ。

とはいえ、いずれ祖母に返すつもりでいるから、ほとんど荷物は増やしておらず生活感は薄い。

愛着もないし、自分の部屋という実感すらない家だが、阿門と濃密に抱き合った記憶は、生々しく詰まっている。

――この家で一番楽しかったのは……阿門とコタツでうだうだしてたことだ。ウサギの阿門を抱っこしたのも、癒されたっけな。……っていうかそれって、生まれてから一番楽しかったことかも。

結局のところ、弥千代の望みというのはそうしたささやかな、それでいてこれまでどうやっても手が届かなかった、日常生活での和やかな時間だった。

阿門はまったく意図していなかっただろうが、それをいつの間にか弥千代に与えてくれていたのだ。

阿門との奇妙な、それでいてどこか心和む時間を思い出すうちに、じわりと弥千代の目には涙が滲んでくる。

「このままじゃ……駄目だ……」

弥千代は全身から空気を吐き出すような、深い溜め息をついた。

最近ではなにを考えても、自分の周囲も中身も、阿門のことだけでいっぱいになってきてしまっている。

——悪魔と、手を切る。多少無謀《むぼう》かもしれないけど、やれることはやって、早くあいつと離れなきゃ。

万が一にも、悪魔に本気で恋をしてしまう前に。

他に方法はないと思い詰めた弥千代は、夕方ならば時間の都合がつくというメールに返信して予約を取り、悪魔祓いのもとへ赴《おもむ》くことにしたのだった。


弥千代が出向いていったのは、ＪＲのターミナル駅で乗り換えて、さらに一時間ほど行ったところにある、近県の繁華街だった。

そこから歩いてすぐの場所に、新しくできたツインタワーのマンションがあり、その南棟の一室が目的の部屋だ。

ドキドキしながら、教えられたオートロックの暗証番号を押し、インターホンの返事を待つ。すぐに男の声で、どうぞと応答があり、自動ドアが開いた。

そこからエレベーターで十七階に行き、緊張しながら弥千代は、再びドアのインターホンを押す。

「春野くん？　待っていたよ、どうぞ」

ドアを開いて顔を出したのは、親切そうな顔をした大柄な、牧師風の服を着た初老の男だった。

お邪魔します、と入っていった室内は白で統一されており、十畳ほどの広さがある。

壁にはずらりと額縁に入った宗教画がかけられ、大きな本棚には宗教関連の書物が並んでいた。

室内の中央には、丸い小さな背の高いテーブルと、二脚の背もたれつきの椅子があり、ひとつに座るよう勧められる。

――よかった。なんか、思ってたより本格的っぽいかも。インチキじゃなさそうだ。

座った場所の正面の位置には、祭壇のようになった棚があり、水晶玉や銀の十字架、陶器の聖母子像などが置かれていた。

男は名刺を差し出して、自分も椅子に腰を下ろす。

名刺には『エクソシスト連合会・日本支部代表・木川戸《きかわど》茂道《しげみち》』と書いてある。

「さて、それでは早速、ご相談についてなのですが」

木川戸は穏やかに語りかけてくる。

「メールを拝見したところ、直接に悪魔と名乗るものとのやりとりがあると。これは大変稀有《けう》な、恐ろしい例だと思います」

優し気な物言いに、お祓いのための相談はするものの、お近づきになってはいけない相手だと弥千代は考えた。

自分に親切にしてくれたせいで、不幸な事態を招いてしまったら申し訳ない。

そこで視線を逸らし、できるだけ淡々と、不愛想に返事をする。

「なんでもいいですけど。ともかく、悪魔を祓ってもらうことは可能なんですか」

「もちろんですよ。でも、それにはもう少し具体的に、その悪魔とあなたとの関係についてお話ししてもらう必要があります」

そこで弥千代は簡単に、自分と阿門のことを説明する。と、木川戸は興味津々《きょうみしんしん》という顔つきになって身を乗り出してきた。

「ほほう、なるほど。では、一緒に眠ることもあると？」

はい、と弥千代は短く返事をする。

「そうしてベッドの中で、あなたに淫らなことをしてくるわけですか」

「そ……そういう場合も、あります」

ものすごく恥ずかしいため、弥千代はこのことについてはメールでかなり遠回しにぼかして書いたのだが、木川戸はズバリと本質をついてきた。

「きみは男の子だけれど、可愛らしい顔をしているからね。色も白くておとなしそうだし、そこに付け込んできたのだろう」

　おとなしそうというのは間違っていると思うが、弥千代は羞恥に駆られて、木川戸から目を逸らす。

「それは、わかりませんが。最初に、契約をすると言われて。それで、脱がされて……身体にサインをされたので」

　身体に？　と木川戸は眉間に皺《しわ》を寄せて立ち上がり、こちらに近づいてくる。

「見せてくれますか？」

　言われて弥千代はおずおずと上着を脱ぎ、シャツのボタンを下から幾つか外した。

　だがそれだと半分くらいしか見えないと気が付き、立ち上がってボトムスのボタンを外ずして少しずり下げ、これです、と示した。

「い、いや……ふうん、なるほど。そうか」

　木川戸は感心したように言い、腰をかがめ、弥千代の下腹部に刻まれた、阿門の花印を凝視した。

　弥千代はどんな顔をしていいかわからず、複雑な気持ちでシャツの前を広げ、壁を眺めていたのだが。その身体が、ビクッと跳ねる。

「っ、なに……」

「ああ、いや、すまない。触れてみないと、どの程度の深さで、どう書かれたものなのかと思ってね」

「……確か、爪で刻まれたと思います。かさぶたが取れても、傷は残ったままで」

爪で、と感心したように何回もうなずきながら、木川戸は弥千代の肌を手で撫でさすり始めた。

「……綺麗な肌に、爪でこんなに深い傷をつけられるなんて。可哀想に、ひどく痛かっただろう？」

綺麗な肌、と評されたことにどこか違和感は覚えたものの、自分におかしな興味を持つ同性などそうはいない、という思いが弥千代にはある。

そのため撫でられる気持ち悪さに顔をしかめつつ、質問に素直に答えた。

「いえ、そこまでは」

あのときはあれこれされて、傷が痛いどころではなかったのだと思い出す。

木川戸はなるほど、と納得した顔をして、椅子をガタガタと引き寄せた。

「ではそのまま、こちらに腰を下ろして。これから祓ってみます。いや、そのままと言ったでしょう、服は直さなくていい」

誘導されるようにして、弥千代は乱れた着衣のまま白木とパイプでできた、背もたれのある椅子に腰を下ろした。

木川戸は悪魔祓いの道具が必要なのか、棚のほうへ行ってなにかしらの準備を始め、弥千代は大丈夫なんだろうかと思いつつ、目の前の窓を見ていた。

遠くに都心の景色が広がり、すごい部屋だと改めて思う。

買ったにしろ借りるにしろ、相当な金額がかかるんだろうなと、そんなどうでもいいことをぼんやりと考えた。

と、背後から両手を不意につかまれた。これもお祓いの儀式の一環なのかな、と思っていると、カチャ、という金属音がして背後に首を巡らせる。

これはね、と木川戸は、安心させるような優しい声で言う。

「祓われるのに抵抗して、あなたの中の悪魔が暴れると困るから。少し我慢してくださいね」

もっともそうなことを言われたが、にわかに弥千代は不安になってくる。木川戸が弥千代のシャツのボタンを、上からすべて外し始めたからだ。

「あ……あの。や、やっぱり俺、帰ります」

「どうして。悪魔に苦しめられているんだろう？」

言いながら木川戸の手が、這うように胸に触れてくる。

「悪魔にどんなふうに苦しめられているのか、詳しく教えてくれないか。そうしないと、悪魔の種類だってわからない。淫魔《いんま》なのか、夢魔《むま》なのか」

「そ、そういうんじゃないと思うので。も、もう本当に、帰ります」

「もしかして、こんなふうにされているんじゃないのかな」

胸の突起を、そっと木川戸の指の腹が撫で始め、ざわっと弥千代の全身が粟立《あわだ》った。

「違っ……やっ、やめ」

抵抗を試みるが、背後で腕がガチャガチャいうだけだ。どうやら手錠をかけられてしまったらしい。

――怪しいと思いながら、のこのこと出かけてきて、俺はバカだ。こんなのインチキとかいう以前の、変質者じゃないか……！

木川戸の、当初に見せた温厚そうな表面は、すでに剝《は》がれている。

ニヤニヤと笑うその顔は、性欲にぎらついた男のそれでしかない。

「図星だろう。もうこんなに固くして……いつもどうしているんだ。この傷をつけたときみたいに、痛いほうが好みなのかな？」

普段はね、と木川戸は、弥千代の胸の突起をいじりながら言う。

「いつもは男の子には、こういう祓い方はしないんだけど、きみは特別だ」

「あっ、やだっ、いや」

「悪い、いやらしいものがきみの身体から出ているから、それで私もこうなったんだ。こんなふうにさせる、きみが悪いんだよ」

「そんなの嘘だ、離せ……っ！」

怒鳴った弥千代の目の前に、火花が散った。思いきり、頬を叩かれたのだ。

「やはり、痛いほうが好みらしいな」

愕然とする弥千代の前に仁王立ちになった木川戸が、満面の笑みを浮かべたその背後。

ビシッ！　という音と同時に、大きな窓が一瞬、真っ白になった。

「……っ！」

弥千代は目を見開き、その視線に気が付いて木川戸も振り向く。

その刹那、細かなヒビが全体に入った窓がバシーン！　と砕け、いきなり空と街の風景が目に飛び込んできた。そしてそこには。

「……貴様。私の契約者に、なにをしている」

阿門が音もなく、十七階の窓の外に浮かんでいた。

その全身から、どす黒く濁った血のようなゆらめきが立ち上り、周囲の空気を毒々しい色に染めている。

ゴォッと冷たい強風が室内に吹き込み、書類などの軽いものが、バタバタと騒々しく部屋を舞った。

――阿門……どうして。

疑問と驚きと、今の惨めな姿を晒《さら》している状況に、どう反応していいのか弥千代は固まる。

その一方で、今や明らかに人ならざるものとしての本性を現したその姿に、ときめくような高揚《こうよう》感を覚えてもいた。

一方の木川戸の反応は、激烈だった。がくんと、顎が外れるほどに大きく口を開き、その目は飛び出しそうになっていた。

悪魔祓い師を詐称《さしょう》しているとはいえ、多少なりとも悪魔の知識があるからだろう。ガクガクと震え、腰が抜けたのか、どすんと床に尻もちをつく。

その後ろで、ガシャーン、バリン、と部屋中のものが壊れ、砕ける音が続いていた。

「こ……ここは、十七階だぞ……こんなことは、ふ、不可能だ。あ、あなた様は、もしや、いわゆる本物の」

その木川戸の言葉が本当だと解答するかのように、すう、と阿門の身体が室内へと移動してくる。

「弥千代。こんな下等な人の世でも最下等な人間と、なにをしている」

「……お、俺は。だって、あんたと離れないと。俺も、阿門にもよくないから。だから、なんとかしたくて」

「よくないとはどういうことだ、意味がわからん！　それに貴様のその、乱れた衣服はなんだ！」

阿門が言った瞬間に、バン！　という音がして、弥千代にはめられていた手錠が砕け散った。

その音と衝撃に驚いて、うわあ！　と木川戸が悲鳴を上げる。

弥千代は慌てて立ち上がり、服の乱れを直した。なんだか阿門が、出会ってから初めてというほどに怒っているのが、伝わってきたからだ。

——な、なんだよ。そんなに怒らなくたって……。契約者がバカなことをすると、阿門にもペナルティがあったりするのかな。

こちらにも悪気があったわけではないのに、と悲しく思いつつ、弥千代は俯く。

その耳に、パトカーのサイレンが聞こえてきた。ガラスが粉々に砕け散ったため、階下では相当な騒ぎになっているのだろう。

「お、お許し、お許しを」

もしかしたら木川戸は、本物のこうした超常現象、科学では説明のつかない状況に接したのは、初めてだったのかもしれない。

涙を流して許しを請い、阿門の異形の姿をひたすら恐れ、怪物に出会った小さな子供のように怯えきっていた。

四つん這いで玄関のほうに逃げようとする木川戸の背後に、音も無く阿門は近づく。

その彫像のように整った顔が、ゆっくりと室内を見まわした。

「……恐れを知らぬ下等生物め。悪魔を祓うだと。貴様がなにものを相手にしているのか、その身をもって思い知るがいい」

ごうごうと渦巻く風の中、阿門は右手をすいと上げた。

「うわああ！」

ふわりと木川戸の身体が浮かび、見えない手によって天井近くまで持ち上がる。

その身体は宙を泳ぐようにして、すーっと割れた窓の外へと向かっていく。弥千代は思わず制止した。

「駄目だ！　阿門、やめろ！」

必死に叫ぶと、ギロリと阿門の鋭い目がこちらへ向けられた。それにはまさに悪魔の目ともいうべき恐ろしさがあったが、弥千代はそこでたじろがなかった。

「文句があるなら俺を罰すればいいだろ！　そいつを殺す意味なんてない！」

窓の外に浮かんだまま、木川戸はおいおいと泣き始めている。

弥千代は眉を寄せ、吐き出すように言った。

「あいつは最低だけど、俺だってバカだった。もし俺の望みを叶えてくれるなら、今叶えてくれ！」

なんだと、と阿門は、ますます柳眉を逆立てた。

「貴様の望みは、この男を助けることだというのか？　弥千代、お前まさかこの男を……」

違う！　と弥千代は驚いて否定する。

「そんなんじゃない！　俺は……お前が人を殺すところなんて、見たくないんだ。だって、今の俺の本当に叶えたい望みは」

弥千代は一度言葉を切り、言うべきか迷って俯いてから、再び阿門を見る。

「俺は、お前と一緒にいたい。お前は悪魔で、俺は契約者で、そっちは迷惑かもしれないけど。お、俺に興味なんて、もうないかもしれないけど！」

言ううちに、弥千代の声には涙が混じった。

「でも俺にとって阿門は。生まれて初めて、ずっと傍にいてくれた相手なんだ。不幸にする心配をしないで、抱きしめて眠ることのできた温かい生き物なんだ。だから」

弥千代の言葉をわずかに眉を顰めて聞いていた阿門の表情から、少しずつ険しさが消えていく。

「だから、人を殺したりしないで！　俺と一緒に家に帰って！」

弥千代が言い終えると、阿門の右手は再びすーっと動き、木川戸の身体は室内へと戻された。

けれど阿門は、完全に許したというわけではないらしい。

木川戸の身体は天井付近から、フローリングの床にビタン！　とうつぶせの格好で叩きつけられる。

ぐえ、という蛙《かえる》のような鳴き声とともに、木川戸は気を失った。

気の毒に、と弥千代は少しだけ思ったが、おそらく軽症ですむのではないかと思う。もしかしたら歯くらい折ったかもしれないが、その程度なら自業自得というものだろう。

そして自分も、阿門になにをどう罵《ののし》られても、それはやはり自業自得だと思う。

「……阿門、俺……」

言いかけたそのとき、インターホンが押され、激しく玄関のドアがノックされる。消防署か警察が、事情を聴きに来たに違いない。

阿門は無言で弥千代に近づくと、ふいに身体を横向きに抱き上げて言う。

「弥千代。両手を私の首の後ろに回せ」

「えっ、なに……ちょっ、わああ！」

そのまま窓から外へ躍り出た阿門は、ふわりと宙に浮いたまま、街の上を滑空し始めたのだ。

二人の身体は、大きなシャボン玉のような光の環《わ》に包まれているせいなのか、その身体に空気の冷たさや、吹きつけてくるはずの風は感じない。

――なんだか、まるでピーターパンにでも連れ出されたみたいだ。

日の暮れたばかりの空は、端のほうだけがほのかにオレンジ色で、紺色の天頂にはすでに星が瞬いている。

　街には明かりがきらめき始め、思わず弥千代はこの非現実的な光景に、うっとりと見惚《みと》れそうになってしまっていた。

　そしてほんの少し首を傾けると、そこには阿門の彫りの深い白皙の顔がある。

「あ、あの……阿門。なんでここに来たの？」

「それはこちらのセリフだ。我々は人間界で起きていることなど、知ろうと思えば手に取るようにわかる。貴様の姿が部屋にないから、どこへ行ったのかと探ってみたら、よりによってあんな汚らわしい場所にいる。奪いに行って、当然だろうが」

　見上げる阿門の白皙の顔は、やはりいつもより厳しく怒っているように思えた。弥千代は身を縮めて釈明する。

「悪気があったわけじゃないんだ。その、悪魔祓いを頼もうとしたのは……お互いのために、そのほうがいいかなと」

「さっきもそんなことを言っていたな。もう少し詳しく説明しろ。でないと理解できん」

　というのが、阿門の答えだった。

「貴様と出会ったばかりのころなら、まだ私と離れたいというのはわかる。しかし、最近の貴様が私の傍にいることを、そこまで嫌悪しているようには思えなかったぞ」

「だ、だから、嫌悪とかじゃなくて。……俺、仕事の役にも立てないし」

「しかし先刻は、私に人を殺すなと懇願してきた。一緒にいたいからと。……矛盾しているではないか」

そうだった、と弥千代は自分の言ったことを思い出し、改めて恥じらう。

阿門はそんな弥千代を見つめて言った。

「つまり、悪魔祓いを使って私と離れようとしたのも、私のためを思ってということなのか？」

弥千代は顔を赤くして、こくりとうなずいた。阿門は、眉間に溝《みぞ》を刻む。

「……私には、そうした感情はわからん。欲しいものは奪う。周囲を滅ぼそうとも、相手を不幸にしようとも、欲しいものは欲しい。力ずくでも、殺してでも手に入れる」

言いながら弥千代を抱く手の力が、痛いほどに強くなってくる。

「私の、今の貴様に対する想いはそういうものだ、弥千代」

え。と弥千代はお姫さま抱っこをされたまま、阿門を見上げる。

その頭上には、銀の欠片をちりばめた、濃紺の空が広がっている。

「私は、貴様の幸せのために身を引くという思考回路は持ち合わせていない。骨の一片、血の一滴までも私のものだと、そういう感覚しかないのだ」

阿門の、凍てつく氷のような淡い灰色の瞳が、射貫《いぬ》くように弥千代の瞳をのぞき込む。

「場合によっては、私の強欲が貴様の命を奪うかもしれん。……それでもいいか」

怖い、と一瞬弥千代は思った。けれど胸の底から湧き上がってくる感情は、激しい歓喜だった。

「お、俺は。それでも、いい」

目に涙を滲ませながら、弥千代は懸命に、阿門の身体に手を回す。

「生まれてからずっと、誰も俺を必要としなかった！　だ、だから阿門が俺を必要なら、心臓だって魂だって、全部あげる！」

阿門の鼓動が、いつもより速くなっていると思いながら、弥千代はその厚い胸に額をすり寄せるようにして言った。

「その代わり、俺の願いも聞いて欲しいんだ。多分、阿門の一生より俺の一生のほうがずっと短いから。その間だけ、傍にいて。俺をひとりにしないで！」

言った瞬間、中空で唇が塞がれた。

口づけがこんなに甘いものなのだと、初めて弥千代は知る。

地上ははるか下にあり、死神の鎌のように細い月が阿門の背後に見えた。

第七章

「待ってよ！　待っ……んん！」

　キスの後、阿門の行動は速かった。凄まじいスピードで帰宅すると、弥千代を横抱きに抱えたまま、一階の客間に駆け込む。

　そうしてドアを閉めることすらせず、阿門は弥千代を押し倒してきた。

　唇を貪られ、引き剝がすようにしてシャツを脱がされ、器用な阿門の手はするすると弥千代を生まれたままの姿にしていく。

　同時に阿門は自分の着ているものも、むしり取るようにして脱いでいった。

「っあ、やあっ」

「待てるわけが、ないだろうが……っ」

　素肌と素肌がぴったりと密着し、夜風に冷えた手足が絡まり合う。

「阿門、俺……い、今こんなふうにされたら、もう本当に、引き返せない」

「引き返せないとは、なにがだ？」

どちらの声も、興奮からなのか緊張からなのか、どこかうわずっている。

「離れたく、なくなる。お、俺の傍にいてくれないと、俺、生きていくのが辛くなっちゃう。前はずっと、ひとりでいられたのに」

弥千代は阿門の精悍《せいかん》な頬を両手で挟むようにして、初めて自分から阿門の唇を求めた。

阿門は驚いたように目を見開いたが、唇を離すと反対に、弥千代の頬を手のひらで包む。

「わかった。約束しよう。貴様が死んだ後も、その魂は私のものだ。誰にもやらん」

「一緒に、いてくれるの？」

尋ねると、阿門は不敵に笑ってうなずいた。

「だが私にも、ひとつ心配なことがある」

なに？　と弥千代は首を傾げる。

「貴様はこの姿の私と、ウサギの私と、どちらをより欲している。私は時折、ウサギの自分に腹が立つのだが」

それを聞いた弥千代は驚いたが、すぐに小さく笑った。

「どっちも。どっちも同じ阿門だから大好きだよ。ただウサギの姿のときには……こういうことは、できないから」

言ってもう一度唇を寄せると、阿門も貪るように唇を合わせてくる。

何度も重なっては離れる唇と唇は糸を引き、熱い吐息と舌が奪い合うように、互いの口腔を行き来した。

ああ、と甘い呻きが我知らず弥千代の唇から漏れる。

何度も抱かれているはずなのに、こんなふうに近くに阿門を感じたのは、初めてのことだった。

「どうしてくれる、弥千代」

荒い息をつきながら、阿門が言う。

「このままだと、契約どころではない。昨今の私の頭の中には、貴様のことしかなくなっている」

「はっ、あ……っっ」

首筋に阿門は顔を埋め、何か所も肌に口づけの跡を残してから、鎖骨に歯を立ててきた。

じん、とそれだけで弥千代は、自身が一気に張り詰めてしまったのがわかる。

柔らかな長い耳が目の前にあり、その内側にはいつもより、血の色が濃く差している。

触れている阿門のものも、同様に熱を帯びていた。

「や……だ、駄目、俺」

恥ずかしさに腰をよじると、阿門のものと擦れ合い、ますます熱と硬度を帯びていく。

「それなのに悪魔祓いだと？　私がこんな状態だというのに、貴様は私から逃げようとしていたんだぞ。残酷すぎると思わないか」

「ち、違……そうじゃ、なくて」

「ここはこんなに昂らせているというのに」

ぐっ、と阿門は自身を、弥千代のものに押しつけてくる。

「っ、あ！」

その刺激だけで達してしまいそうになり、弥千代は必死にシーツにしがみついた。

「駄目っ、駄目ぇ」

「私でなくても、あんな男でも、ここが気持ちよければそれでいいのか？」

「違う、阿門、俺は……っ」

ぐりぐりと阿門のものを擦りつけられ、ああっ！　と悲鳴のような声を上げて、弥千代は早くも達してしまう。

「ひう……うう」

ぐったりとして、快感の余韻にひくひくとしている足の間に、阿門は身体を入れてくる。

「んうっ、はっ、ああ……！」

放ったものでぬるついた指を、弥千代の身体は難《なん》なく受け入れた。

阿門はいつもより性急に、そこが自身を受け入れられるよう準備する。

弥千代はもう、どこをどう触られても感じてしまう状況で、自分でも自分がどうなってしまっているのかよくわからなかった。

「っあ、あっ、んうっ」

釣り上げられ、陸の上でのたうつ魚のように、むせび泣きながら体を震わせている。

ただ、これまでとはお互いに、なにかが違うと弥千代は思う。

――なんだろう。耳が阿門の声を、目が阿門の姿を欲しがってる。好きだ、好きだって、言ってる。

火照った弥千代の身体を阿門は抱え上げ、自身をぐっと押しあてた。

「うあっ、――ああああ！」

ぐうっと挿入された太いものが、信じられないほどの快感を弥千代に与える。

阿門はそこで一度動きを止め、震える弥千代の両脇に手を入れて、上体を抱え起こした。

「っひ、あ……あっ！」

体内を、これまでと違った角度で硬いもので貫かれ、弥千代は思わず腰を引こうとするが、その身体を阿門はしっかりと抱きしめてくる。

「手を回してつかまれ、弥千代」

耳元で優しく言い、阿門は弥千代を自分の上に抱え、座位の体勢になった。

「や、深、い……っ、ん、んう」

阿門が唇を重ねてきて、弥千代はその口づけに酔う。

必死に広い背に手を回し、舌を絡め合った。

下腹部からは際限なく熱が込み上げてきて、弥千代自身は硬度を取り戻し、阿門の固い腹部にこすれて、ぬるついている。

互いの汗も唾液も吐息も混じり合い、頭はのぼせたようになって、弥千代はもう自身が弾けたのか、体内に吐き出されたのかもわからなくなってきた。

「――ッ！」

ずる、とその身体が持ち上げられた次の瞬間、ずん、と根元まで阿門のものを受け入れさせられる。

自重で最奥《さいおう》まで貫かれた衝撃に、弥千代はもう声が出なかった。

さらに阿門の両手は、しっかりと弥千代の腰を支えているというのに、またも胸の突起になにかの不思議な力が加えられ、見えない指にきつく優しく愛撫される。

きゅう、と痛みが走るほどに強く刺激されたかと思うと、今度は羽で触れるような優しい感触がある。

「っは、……っ、や、ああ」

甘くジンと痺れるような快感が乳首にもたらされると、反射的に弥千代の体内は、ひどく硬い阿門のものを締めつけてしまう。

「っひ、うう……っ」

自分の身体の反応のせいで、さらに感じてしまい、弥千代の閉じた瞼から、快楽を堪え

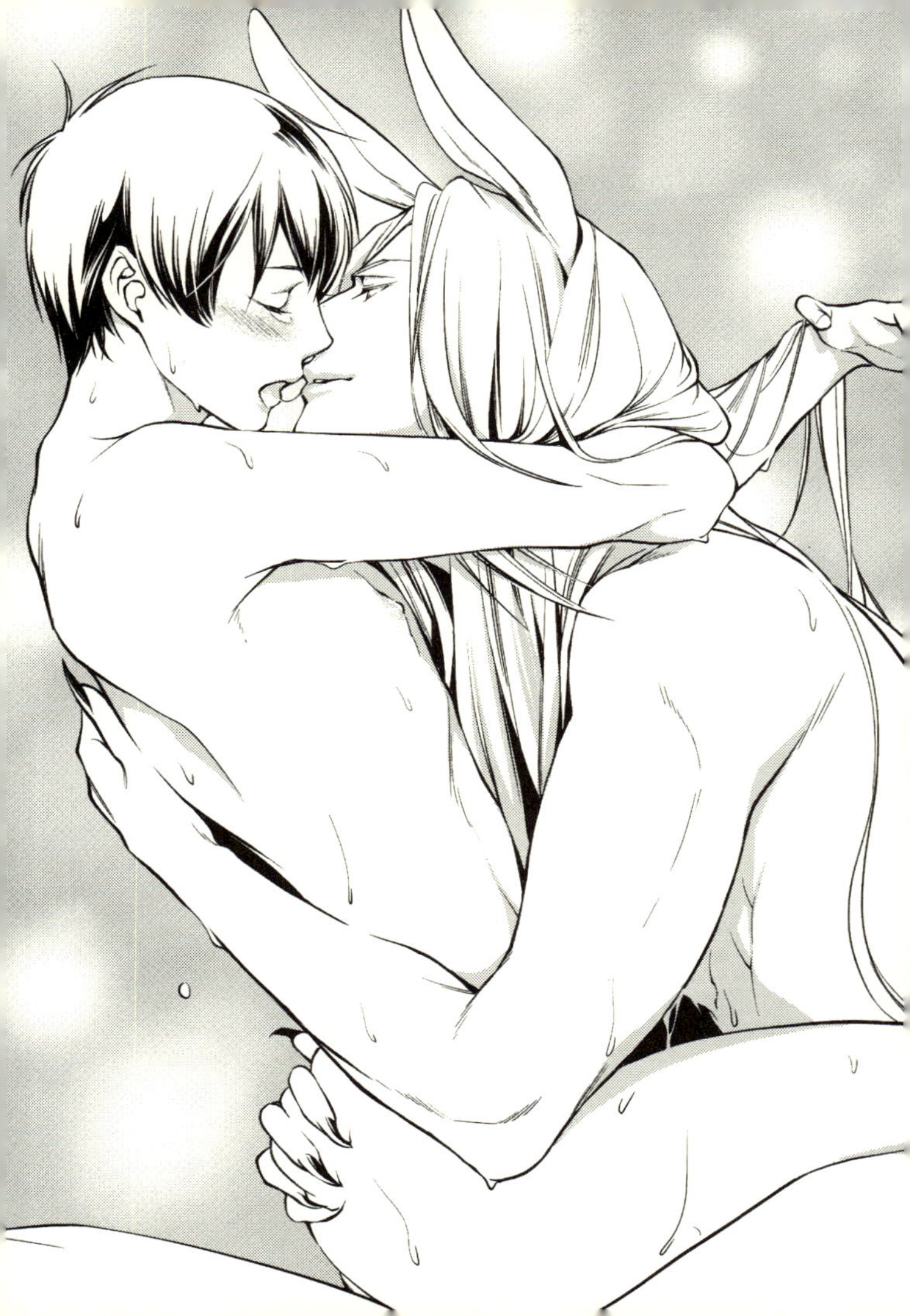

ることができずに涙が転がり落ちた。

「辛いか、弥千代。だが私は、まだ足りない」

尖った阿門の舌先が、その涙をすくい取る。

「もっと欲しい。もっと味わわせてくれ」

ゆさゆさと腰の律動が再開され、弥千代の意識は遠ざかりそうになる。

「——あっ、ああ！」

失神しかけても、次の快感が弥千代を現実に引き戻し、尽きることのない悦楽に溺れた弥千代は朦朧としていたが、それでもその唇は阿門を求めた。

——全部、食べ尽くされてもいい。

自ら唇を寄せると、阿門もその口づけに応じてくる。

いつ終わるかもわからない長いキスと愛撫の中、弥千代は恍惚として身体を阿門にゆだねていたのだった。


「貴様が私と歩いているところを見たのは、半分人で半分魔族の眷属だ。少しばかり相談したいことがあって、このところよく会っていた」

事後、どろどろになって気を失うように一度眠ってから、風呂場で身体を綺麗にしてもらい、二人がいつもの客間の寝床に入ったのは、明け方になってからのことだった。

他人に腕枕されるという、弥千代にとってはこれまで決して手の届かない夢のようだった状況で、阿門はこちらの疑念を晴らすべく弁解する。

「それにあまり一緒にいると、弥千代を壊してしまいかねないという懸念があったからな。気を紛《まぎ》らわすために、あいつと飲んでいた」

「そ、そう……確かに、俺の身体がどこまでもつかは、自分でも不安だけど」

ひどくかすれた小さな声で、弥千代は言った。ずっと嬌声を上げ続けたせいで、喉がひりひりして痛かったのだ。

阿門の説明は、身体のことについて以外は、あまり腑《ふ》に落ちない。

「だけど、その人に相談ってなんの？　……俺との契約が上手くいかない、とか？」

「貴様に関することではあるが、少し違う」

つまりだな、と珍しく阿門は、目元をわずかに赤くした。

「平たく言うと、人間相手に恋愛をしたら、どんな問題が生じるかということについての相談だ。……弥千代？」

聞くうちに弥千代は、それが自分のことなのだと気が付き、照れて毛布に潜り込んでしまった。

毛布からはみ出ている頭を、阿門は優しく何度も撫でてくる。

「おい、なんとか言え、弥千代。私は正直、困っているんだ」

困ったと言いながらも、どこか嬉しそうな声で阿門は言う。

「このままでは私は、悪魔としての出世をあきらめねばならない。手ぶらでは悪魔界にも戻れない……まあ、戻りたくはないがな！」

不安になってきて毛布から顔を出した弥千代を、改めて阿門は抱き寄せてくる。

「……本当に、それでいいの？」

「あまりこういうことは言いたくないが。貴様の人としての生が終わってからも、私の生は延々と続く」

阿門はどこか遠い目をして、寂しそうに言った。

「契約者がこの世から消えたら、そこで契約は中止となる」

「あ……そ、そうか。じゃあ、それからなら次の人と契約できるんだね」

弥千代は阿門とは対照的に、表情も声も明るく応じた。もちろん自分の死は、すなわち阿門との別れであるから考えると切なくなるのだが、ホッとする気持ちもあったのだ。

「なんだ貴様。なぜ嬉しそうな顔をする」

「だって俺は、自分が死ぬまで傍に阿門がいてくれたら、それはすごく嬉しいよ」

でも、と弥千代は悲しさを呑み込んで続ける。

「……阿門はこの世にひとりで残って、そのまま出世もできないってなったら、申し訳ないって思ったんだ。でもまた新しい契約ができるなら、心配しなくて大丈夫かなって」

弥千代の言葉に、阿門は心外だという顔をした。

「言っておくが、貴様に対するような感情を他の人間に持つことは、二度と考えられんぞ。これまでの数百年間、一度もこんなことはなかったんだからな」

「そ……そうなんだ……」

弥千代は嬉しいような困ったような、複雑な気持ちでうなずく。

「でもそれだと、俺が死んじゃったら、阿門は寂しくない……？」

ふん、と阿門は鼻で笑う。

「悪魔が寂しいなど、お笑い草だ。貴様がいなくなったら、今度こそ悪逆非道な大物を見つけて、せいぜい楽しませてもらう。……だが正直」

阿門は弥千代を、しっかりと抱きしめてくる。

「……貴様がいなくなったらと考えると、怖い。こんな感情は初めて知った」

「それは、俺もだよ」

弥千代は阿門の、厚い胸板に頬を寄せる。

「この前、阿門と眷属さんが一緒にいるのを見たとき、俺はすごく……自分が醜いって感じた」

独占欲と執着心。それを満たすために、他人を排除したいと願う負の感情。

それを知ったときようやく弥千代は、よこしまな望みというものの正体が、おぼろげながらわかったように感じた。

「阿門は、どうして俺でいいの？　いくらでも素直で契約にも応じて、見た目も頭もいい人がいるでしょう？」

「そうだな。こればかりは理屈ではないが。報われないのに他人に一生懸命な貴様が、なんというか、歯がゆいからだろうな」

「……どういうこと？」

「なんとかしてやらねばと思ううちに、傍にいてやらねばと思うようになった。それに……まあ語り始めるとキリがないから簡潔にまとめるが。ようは、可愛くてたまらんということだ」

「男に可愛いって、誉め言葉じゃないと思うよ」

弥千代は怒った顔つきをしたものの、その頬は照れて火照っていた。

阿門はぐりぐりと、そんな弥千代の頭を撫でる。

「人間同士ではそうかもしれんが、悪魔に言われたなら光栄に思え」

「そ、そういうもの？　なんか言いくるめられてる気がする……」

でもまあいいや、と弥千代はごそごそと、毛布から顔を出した。

邪悪さのまったくない阿門の笑みは、いつまでも見ていたいと思うほどに綺麗だ。見惚れている弥千代に、阿門はからかうように言う。

「どうした。やはりウサギのほうがいいか」

「どっちもウサギじゃないか。それに、どっちも阿門だよ」

弥千代はそう言って、形のよい唇に、触れるだけのキスをする。

阿門は片方の眉を吊り上げるようにして、複雑な顔をした。

「そんなふうに誘われると、本格的に貴様が壊れるまで犯したくなるんだが」

「壊れたら、もう二度とできないよ？」

「だから我慢しているではないか。迂闊《うかつ》に誘うなと言っている」

やれやれ、と阿門は苦笑した。

「貴様との生活は、いろいろと忍耐が必要になりそうだな。……仕方ない。血の池でもがき苦しむ人間は見物できなくなるが、コタツでおでんと熱燗も気に入ってきたところだ」

今となっては、とても悪魔には見えない慈《いつく》しむような瞳で笑う阿門を見るうちに、弥千代の胸は温かなもので満たされていく。

——悪魔にとっての不幸って、人にとっての幸せなのかもしれない。

「ねえ。もしかしたら」

弥千代は阿門の胸に、頬をすり寄せるようにして囁いた。

「俺の疫病神っぷりのほうが、悪魔より上だったのかもしれないね」

弥千代が言うと阿門は、困ったやつだという顔をして、噛みつくようなキスをしてきたのだった。

キュートな疫病神に
振り回されて困ってます…！

誕生日はいつだ、と弥千代《やちよ》に尋《たず》ねられ、阿門《あもん》が困惑したのはつい先日のことだ。なにしろ自分は人間ではない上に、数百年前のこととあって、幼体時代の記憶は定かではなかった。

けれど弥千代の、わくわくとした子供のような瞳を見ていると、わからんの一言で返すのは忍びない。そこで阿門は適当に、頭に浮かんだ日付けを口にした。

それが本日、四月一日だ。日曜日で仕事が休みということもあり、弥千代はなにやら張りきって、朝からキッチンに籠《こも》っていたのだが。

「ねえ、阿門。夕方まで、どこかに行っててくれない？」

昼食の月見うどんを食べ終えると、弥千代は急にそんなことを言い出した。

「なぜだ。私がいたら困ることでもあるのか？」

尋ねると、ある、と弥千代はきっぱりうなずく。その答えに、少なからず阿門はショックを受けた。

「……どういうことだ。言っておくが、隠し事をしてもすぐにわかるぞ」

「帰ってきたらわかるから。だからとにかく、お願い。ええと、そうだな、六時まではどこかで時間を潰してきて！」

「六時間もか？　なんだ、なにをする気だ。まさか貴様、また悪魔祓いだのとバカなことを考えているのではないだろうな？」

「違うって！　頼むよ、六時まで俺に時間をちょうだい」

ぬう、と阿門は眉間に皺《しわ》を寄せたが、ここまで必死に頼まれることは珍しい。それに弥千代が悪意で自分に嘘をつくなどということは、ありえないと思えた。

「わかった。わかったから、私に向かって両手を合わせるのをやめろ。神仏にでもなったようで、落ち着かん」

そうして渋々了承して家を出てから、そろそろ五時間半が経過している。この間、阿門は弥千代がなにをしているか、あえて探ろうとはしなかった。

というのも、特に行く場所もなかったので、例によってジョンを誘い出し、近場のカフェで弥千代の様子について相談してみたのだが。

『それは、アモン様。なにをしているか探ったりしないほうが、アモン様のためだと思いますよ』

気になってたまらない阿門に、ジョンがそんな答えを返してきたからだ。

『うん？　なぜだ。貴様には弥千代の行動が、推測できるとでもいうのか？』

『はい。ごく普通の、悪魔に縁がない一般人と接触する経験は、私のほうがずっと多いですからね』

ジョンは微笑ましいとでもいったような、なんともいえない表情でこちらを見ていた。

けれど阿門はまだ安心できない。

『弥千代はなにしろ、自分が他人を不幸にすると思い込んでいるからな。一般的な感覚からは、おそらくズレていると思う。またなにか、自分自身を追い詰めるようなバカをやらかさんか心配なのだ』

『不幸にする？　自発的になにか仕掛けた結果ではなく、偶発的に周囲を不幸にするということですか？　人間にそんなことが可能なのでしょうか』

　驚いた様子のジョンに、阿門も考え込みながら言う。

『うむ。最初はただの偶然だろうと、私も笑い飛ばしていたのだがな。確かに、偶然にしては重なり過ぎている気もする』

　思えば弥千代と気持ちが通じ合って以来、出世街道からはずれるというだけでなく、阿門には様々なハプニングがあった。

　弥千代の仕事中に、暇つぶしに入った店に車が突っ込んできたこともあったし、スパナどころか鉄骨が頭上に降ってきたこともあった。

　阿門にとっては痛くも痒《かゆ》くもなく、なにより幸いだったのは、弥千代と一緒のときではなかったことだ。自分はやはり災難を呼び込むのだと嘆かれたら、慰めるのに苦労するし、なにより可哀想だ。

『……もし弥千代が本当に不幸を引き寄せているのだとしたら、魔族でもなければありえんと思う。まあ、父方の血族の様子を見るに、たちの悪い性格の、美貌の富豪という特徴があるようだからな。先祖に魔物が混じっていてもおかしくはなさそうだが』

『なるほど。血族が背負うべき罪業《ざいごう》が、なぜか弥千代さんひとりに科せられて、周囲を不幸にするという形で現れたのかもしれないですね。でもご本人は、人間の中でも特に穢《けが》れのない性格のようですし。……アモン様。私はやはり弥千代さんを信じて、十八時までお待ちになるのをお勧めします』

そう言われてしまったため、阿門は自分なりに必死に耐え、気になる心を抑えて指定された時刻を待つことにしたのだ。

現在、弥千代はかつてのように母親と叔母に仕送りはしていない。金銭で繋がっていれば、また彼女たちの不幸の種になるかもしれんぞと阿門が説得し、打ち切らせた。

しかしその分の金額を貯蓄に回し、近いうちに豪邸から引っ越しをしたいと弥千代が言うので、あまり生活費に余裕が出たというわけではない。

――弥千代に限って、実は浮いた金で私に秘密の楽しみを持ったとは考えたくないが。

浮気はありえんとして……待てよ。

阿門はハッと、恐ろしい事態を思いついてしまった。

――ペットショップで、気に入ったウサギができたなどということはないだろうな！　冗談ではない。そんな邪魔ものが出現したのだとしたら、私はそのウサギを具にしたパイを焼くぞ。弥千代に愛されるウサギは、私だけでいい！

そんなことを考えながら、阿門は十八時になった瞬間、庭に面した豪邸のリビングに姿を現した。

「帰ったぞ、弥千代！　いったいなにを……」

「あっ。なんだよ、玄関から入って欲しかったのに」

言いながら駆け寄ってきた弥千代は、なぜか頬をうっすらと赤く染めている。そうして少し焦った顔で、こっちこっちと阿門の手を引っ張った。なにごとだと、いつも過ごしている客間へ入ると、そこには阿門が思いもしなかった光景が広がっていた。壁に手製らしき色紙の飾りと、ハッピーバースディと書かれたボードが吊るされていたのだ。

「阿門。誕生日、おめでとう！」

恥ずかしそうに、けれど嬉しそうに弥千代は言って、クラッカーをパーンと鳴らした。くるくるひらひらと細いテープが舞い、阿門は呆気《あっけ》に取られてそれを見る。

「……なんだ、これは」

思わずつぶやくと、えっ、と弥千代はうろたえたように言った。

「ええと、あの。……阿門の誕生日だから。な、なんかまずかったかな。悪魔には、こういうのってよくないこと？」

そんなことはない、と慌てて阿門は首を振る。

「いや、驚いてしまっただけだ。もしかして、祝っているということか？」

「そうだよ、決まってるだろ。誕生日祝いをしたいんだ。その。阿門が嫌じゃなければだけど」

もじもじとしながら言う弥千代に、阿門の心臓は甘い痛みに貫かれる。

「嫌なわけがない。ただ、祝ってもらったことなどないのでな。……ありがとう、弥千代。私は嬉しいぞ」

自分でも意識せずに、唇が自然と笑みの形になっていく。と、弥千代はさらに頬を赤くして、いそいそと阿門をコタツに誘導した。

「じゃあ、はい、座って。今、夕飯を持ってくるから」

「私を祝うための料理ということは。もしや、弥千代。今夜はおでんに熱燗《あつかん》か？」

うん！　と弥千代は嬉しそうに肯定する。

「阿門の一番の好物だからね。それと今夜は特別に、ちょっとだけ高いお酒にしたから」

パタパタとキッチンへ走る弥千代を、阿門は不思議な気持ちで見やった。じんわりと、胸になんともいえない温かさが広がっていく。

——悪魔の誕生など、呪われて然《しか》るべきもののはずなのだが。まさか祝ってもらう日が来るとは……。

なんともいえない感慨《かんがい》に浸っていると、すぐに弥千代は鍋と鍋敷き、取り皿や箸《はし》を乗せたトレイを手に戻ってきて、せっせと配膳してくれる。その姿もまた健気で可愛《かわい》らしい。

「おでん種も、いつもよりちょっと豪華にしたから、いっぱい食べて。あと、これ」

これ、とはなんだろうと不思議に思いながらも、阿門は差しだされた紙の箱を素直に受け取った。しげしげと眺めていると、弥千代は照れ臭そうに言う。

「なにかプレゼントをと思ったけど、阿門はなんでも自分で手に入れられるだろ。それに悪魔になにをあげていいのか、どうしてもわからなかったから」

開けてみて、とうながされて箱を開くと、小さな丸いケーキが入っている。

「こ、これは……！」

阿門は箱の中から、後光が差しているように眩《まぶ》しく感じながら言う。

「もしかして話に聞く、バースデーケーキというものか？」

「うん。甘いものって苦手？」

「そこまで積極的に食べはしないが、嫌いではない」

じゃあよかった、と微笑む弥千代とケーキを交互に眺めつつ、阿門はピンク色の空気とキラキラ光る金平糖がふりまかれた、異世界にでも迷い込んだような、それでも決して嫌ではない、未知の感覚を味わっていた。

もちろん誕生日もそれを祝うパーティもケーキも、概念としては知っている。かつての契約者たちの中には、社会的に成功をおさめ、盛大なパーティを開いたものも少なくない。

もちろん悪魔とはわからないような扮装《ふんそう》で、参加したこともある。

だが自分自身が誰かに心から祝ってもらい、心づくしの手料理でもてなされ、手作りの飾りつけをしてもらい、なけなしの金でケーキを購入してもらえる日が来るなど、想像したこともなかった。

「……こういうの、阿門がどう思うかは、よくわからなかったけど」

感激のあまり固まってしまい、阿門が黙っているのを気にしてか、弥千代は火照《ほて》った顔で言う。

「俺は準備をすることがすごく、楽しかった。紙で作る飾りとかケーキとか、ガキっぽいと思ったけど、一回やってみたかったんだよね。……子供のころ、同年代の子たちの誕生会とか……遠くから見てるばかりで、俺がそういう輪の中にいたことはなかったから」

弥千代は恥ずかしいのか目を伏せ、こちらを見ないで、おでんをそれぞれの皿に取り分け始める。

「あのね。阿門に、望みはなにかって聞かれたころ、俺には本当になにも欲しいものがなかった。でも、今はいろいろできたんだ」

弥千代は阿門の前に、大根とつみれと玉子、揚げボールが三つと、巾着《きんちゃく》の入った皿を置く。

「たとえばこれからも毎年、阿門の誕生日祝いをしたい。こんなふうに、ふたりで美味しいおでんが食べたい。そのためには元気でいなきゃと思うし、なにかもっと、ちゃんとしたプレゼントも贈れるようにしたい。……俺は誰かと大切な日を過ごすことがこんなに楽しいって、知らなかった」

　弥千代は顔を上げ、阿門を見てにっこり笑った。その目は泉のように澄み、きらきらしている。

「なにかを見るにしても食べるにしても、ひとりきりなのと誰かと一緒なのとでは、全然違うんだね。だから阿門と、どこかに出かけるとかもしてみたい。別に、遠くじゃなくてもいいから、その、デ……デートっていうか」

　阿門は思わず、あまりに純粋な弥千代の瞳が眩しすぎてくらくらし、目を逸《そ》らしそうになってしまう。

「そ、そうか。わかった。貴様が望むなら地の果てでも、海の底でも、どこにでも連れていくぞ」

　真剣に答えると、くすりと弥千代は小さく笑った。

「公園でもいいんだよ。もうすぐ薔薇《ばら》とか、花が綺麗《きれい》な時期になるし」

「……私と花を見たいのか？」

「花っていうか、なんだっていいんだ。大事なのは、阿門と一緒っていうところだから。ひとりで見たらそれはただの記憶だけど、ふたりで一緒に見たらそれは、大切な思い出になるだろ。……ほら、冷めちゃうからまずはおでんを食べて」

照れ隠しのように急かす弥千代にうなずいて、阿門は熱々のおでんを口にした。美味い、と改めて思う。初めて弥千代が作ったこの料理を食べてから、すっかり気に入っていた。

――弥千代とこうしていると、夢の世界にいるような錯覚を覚える。まるで自分が、天国にでも迷い込んでいるような。

取り皿から視線を上に向けると、弥千代は湯気の向こうで、にこにこしながらおでんを頬張っている。

クリスタルのシャンデリアがまばゆくきらめく、王宮の舞踏会ですらなんの感慨も持たなかった阿門だったが、今目にしているこの光景は素晴らしく高貴で美しい、と感じた。

他愛もないことを話しながら、ひとつの鍋を二人でつつき、いつもより豊かな香りのする酒をちびちびと口にする。

その一秒一秒が、阿門にとってかけがえのないものに思えて仕方がなかった。

――人間の寿命は、たかだか百年。こんなにも時が過ぎることが、恐ろしいと感じたことはない……。

「どうしたの？　いつもと味が違う？」

「いや、美味い。いつもより美味いくらいだ」

「それならいいけど……なんだか今日は、いつもと阿門がなんだか少し違う気がして」

心配そうな顔になる弥千代に、阿門は釈明した。

「とまどっているのは確かだ。だが、勘違いしないでくれ。とても嬉しい。それをどう表現していいのか、わからないだけだ」

阿門の言葉に、そうか、と弥千代が手を打った。

「俺は誕生日を祝うって初めてだけど、もしかして阿門も祝われたことは初めてなの？」

「当たり前だ。どこの世界に、悪魔の生誕を喜ぶものがいる」

「ええ……だけど、悪魔同士でお祝いしないの？」

「しないな。別に同じ悪魔だからといって、仲良しというわけじゃない」

「でも、友達がいるって言ってたじゃない。ジョンさんだっけ」

ああ、と阿門は認める。

「やつとは確かに話す機会は多いが、友人というのも少し違う。あれはあくまでも眷属《けんぞく》だ。同等ではない」

「それを言うなら、阿門と俺だって立場が違うじゃない。阿門はやっぱり俺のことをまだ、下等な生き物だとか思ってるの？」

「そんなわけはないだろう！　いいか、神羅万象《しんらばんしょう》のあらゆる生き物と貴様は、私にとって別なのだ」

多少酒が入っていることもあって、阿門は拳《こぶし》を握りしめて力説した。

「貴様は私より上だの下だの、そういう存在ではない。私にとって……強《し》いて言えば、万物の中心であり、生きる気力を与えてくれるエネルギーの根源であり、砂漠のソーダ水であり、餓死寸前の生物にとっての、バターと蜂蜜たっぷりのホットケーキだ」

「……褒められてる気がする。けど、よくわからない……」

首を傾げつつ、弥千代は湯呑に入れた熱燗を、ちろりと舌を出して舐《な》める。

「ともかく、貴様とジョンとはまったく違う存在だということだし、私は貴様を下等などとは、蟻《あり》の頭……いや、爪先ほども思っていないということだ」

「蟻の爪先ってそれ、果てしなく小さそうだね。うん、わかった。それと、ジョンさんと俺のことだけど。……つまり友達と……その、こ、恋人とは違うって、そう思って、いいのかな」

遠慮がちに言う弥千代に、阿門はもちろんだと肯定した。

「正直、恋人という響きの軽さが、物足りない気はするのだがな。そのほうがわかりやすいなら、それでもいい」

「軽いかな。だけど俺、すごく嬉しいよ。……そうか、俺が恋人なんだ」

熱燗を少量ずつ口にしながら、にこにことしている弥千代は、酔ってきたのか耳まで赤くなってきている。

だが乱れるほどは酔っていないらしく、あらかたおでんを食べ終えると、弥千代は鍋と食器をキッチンへと運んで片づけ、いそいそと戻ってきて、ケーキの箱を改めて開いた。

「さすがに、阿門の年の数のロウソクは頼まなかったよ。ケーキをロウソクの針山みたいにしても、足りないと思ったから」

代わりに、と弥千代は数字の八の形をしたロウソクを立てて火をつける。

「無限大ってことで、8を代用してみた」

「なるほど。……この火を、私が吹き消せばいいのか？」

「そうだけど、ちょっと待って」

弥千代はコホンと咳払いをし、パン、パンと手拍子をしながら、ハッピーバースディ、トゥユーと歌い出した。しかし声は小さく、顔は真っ赤で、音程も怪しい。阿門はそれを見聞きするうちに、胸の甘い痛みと鼓動が、どこまでも激しくなっていく自分を感じた。

歌い終わり、やり遂げた満足感があるのか機嫌よく自分でぱちぱちと手を叩いた弥千代は、どうしたの？　という顔で阿門を見る。

「いや……なんというか、貴様は恐ろしいやつだな、弥千代」

「はあ？　なんで？　そんなに俺、音痴だったかな」

不安そうな弥千代に、そうではない、と阿門は否定した。

「……断言しよう。貴様は一流の悪魔祓いになれるぞ、弥千代。なぜならその凄《すさ》まじい愛らしさで、あらゆる悪魔を殺せるに違いないからな！　……二番まで歌われたら危ないところだった」

胸を押さえ、はあはあと息をつきながら言う阿門を、弥千代はきょとんとした顔で見る。

「なに変なこと言ってるんだよ、わけがわかんない。そんなことより、ロウソクがどんどん溶けていっちゃう。はい、消して」

「あ、ああ、そうだったな」

火のついたロウソクを、さすがに照れると思いながらも弥千代の笑顔が見たくて、阿門は吹き消す。弥千代は期待どおりに、とろけそうな笑顔を見せてくれた。

「……貴様のときにも同じことをするからな。もっと大きなケーキに、きっちり年の数だけロウソクを差してやる」

言うと弥千代は一瞬表情を輝かせたが、それはすぐに苦笑に変わった。

「そう言ってくれるのは嬉しいけど、盗んだものとかいらないよ、俺」

「失敬だな。プレゼントもケーキも、盗んだものでなければいいのだろうが」

「盗まなくたって、また相手を操って、無料でもらったことにするんでしょ？」

うっ、と阿門は言葉に詰まる。

けれど絶対に、弥千代の誕生日を祝ってやりたかった。それだけではない。近場のデートも悪くはないが、豪勢なホテルにも宿泊させてやりたいし、自分が知っている海外の絶景も見せたい。自分で見ているだけのときにはなんとも思わなかったが、弥千代が見て、どう感じるのかを知りたかった。

人間界の景色や宿泊施設を楽しむ、ということも、これまでの阿門であれば考えたこともない感覚だ。弥千代が言っていたのと同様に、阿門もまた、大切な相手と過ごす時間にこれまでは知らなかった価値を見出していた。

「それならば……稼げばいいのだろうが」

阿門の言葉に、弥千代は目を丸くする。

「そんなこと、できるの？　だって、帽子をかぶってるときはわからないけど、その耳じゃモデルみたいな仕事も無理だろうし、バイトしようにも履歴書になんて書くんだよ」

「履歴書くらいは知っているぞ。写真を貼り、出自を書けばいいのだろう？　なにが問題なのだ」

「だって、地獄出身、前職悪魔、特技は黒魔術とでも書くつもり？　完全に痛い人と思われて、採用されるわけないじゃない」

不安そうに言う弥千代に、阿門は肩をすくめた。

「そんなことをしなくとも、稼ぐ手段はある。人間よりは空気の流れや数字を読んで、適格に推測できる分野があるからな。つまり、ギャンブルだが」

「ギャンブルか……まあ公営なら別に、悪いことをしてるわけじゃないけど」

少しホッとしたように言って、弥千代はケーキを切り分ける。

「だけど本当に、お金はかけなくていいからね。俺、阿門がそう言ってくれたことが嬉しいし、誰かと記念日を過ごせるって思うだけで、もうワクワクしてるんだから」

阿門としても、数百年の人生において初めて大切な相手に誕生日を祝ってもらううちに、弥千代のいわんとすることが少しずつわかり始めていた。

寒い夜に二人で囲む食卓。手作りの紙の飾り。抱きしめて眠る温かい肌。自分の名前を呼ぶ、優しい声。

いずれもささやかで、金もほとんどかからない。だが悪魔の力、富や権力では絶対にどうにもならないもの。そして手に入れれば人生が変わるほど価値あるものが、確かにこの世に存在すると知ったのだ。

阿門は立っていって、座っている弥千代の背後に腰を下ろした。そうして細い身体を、自分のほうにもたせかける。

「なに？　座椅子になってくれるの？」

ケーキを切っていたナイフを置き、素直に背中を預けてくる弥千代を、後ろから亜門は抱きしめた。

弥千代は恥ずかしいのか、頬を染めてくすくす笑う。

「どうしたんだよ、急に。ケーキ食べようよ」

そうだな、と阿門は優しく言って手を伸ばし、可愛らしいケーキの上の、大きなクリームの塊を指ですくう。

なにをしているんだろうと、きょとんとしてそれを見上げた弥千代の唇に、阿門はそっとクリームをつけた。

「ん、んっ……」

同時に唇を重ねると、甘いヴァニラの香りと同じくらいに甘い弥千代の声が漏れる。

そのまま口づけは深くなり、互いの身体は熱を持っていった。

ぎゅう、ときつく抱きしめる身体は細く、頼りない。

阿門は腕の中の、自分に比べてずっとはかない命を、この世のなによりも大切に感じる。

そして万能であると思い込んでいた悪魔の自分が、なぜこのまま永遠に時間を止めるすべを持たないのだろうと、切なく思っていたのだった。

あとがき

こんにちは、朝香《あさか》りくです。初めての方は、はじめましてです。

今回は悪魔のお話です。けも耳はこれまでにも書いたことがありますが、ここまでファンタジー色が強いキャラクターは初めてかもしれません。

今作中での悪魔の「アモン」はウサギの姿になったりしますが、あくまでもこのお話の中限定です。

でも実際においてもファンタジーな存在だと思っていますので、想像は自由ということで遊ばせていただきました。さてどんな姿になるだろう、と思っていたのですが…。


イラストは今回、小路龍流《こうじたつる》先生に！　描いていただきました！

ラフで拝見した途端、テンションが上がってしまって大変でした。かっこいい！

悪魔にうさ耳を生やすという無茶な要望の容貌であるのに、きっちりと素敵に馴染んでいる！　コスチュームもなんかもう素晴らしいです。鼻息が荒くなります。

小路先生、本当にありがとうございました！

そして本書を手に取ってくださった読者様にも、一冊本を出せるごとに、毎回本当に感謝しています。

読んでくださる方々がいてこその物語です。楽しんでいただければ幸いです。

また別の作品で、お会いできることを願っています。

二〇一八年三月　朝香りく

Splush文庫

この本を読んでのご意見・ご感想をお待ちしております。

◆ あて先 ◆

〒101-0051

東京都千代田区神田神保町2-4-7 久月神田ビル7階

㈱イースト・プレス　Splush文庫編集部

朝香りく先生／小路龍流先生

うさ耳悪魔に振り回されて困ってます…！

2018年3月26日　第1刷発行

著　　者　朝香《あさか》りく

イラスト　小路龍流《こうじたつる》

装　　丁　川谷デザイン

編　　集　藤川めぐみ

発 行 人　安本千恵子

発 行 所　株式会社イースト・プレス
〒101-0051
東京都千代田区神田神保町2-4-7 久月神田ビル
TEL 03-5213-4700　　FAX 03-5213-4701

印 刷 所　中央精版印刷株式会社

ISBN 978-4-7816-8613-4
定価はカバーに表示してあります。